婚活食堂11

山口恵以子

PHP
文芸文庫

○本表紙デザイン+ロゴ=川上成夫

目次

主な登場人物

玉坂《たまさか》 恵《めぐみ》——四谷《よつや》のしんみち通りにあるおでん屋「めぐみ食堂」の女将《おかみ》。以前は占い師として活躍したが、今はささやかな力で人と人との縁を結ぶ手伝いをしている。

真行寺《しんぎょうじ》 巧《たくみ》——大手不動産賃貸会社「丸真《まるしん》トラスト」社長。めぐみ食堂の入るビルのオーナーでもあり、恩人である尾局《おつぼね》 與《あたえ》の遺言《ゆいごん》により、恵をサポートし続けている。

江川大輝《えがわだいき》——真行寺が後見人を務める少年。真行寺の依頼で、たまに恵が遊びに連れ出す。

藤原海斗《ふじわらかいと》——IT関連事業を手がける「KITE」社長。四十代独身で超イケメン。

江差清隆《えさしきよたか》——邦南《ほうなん》テレビ報道局『フレームワーク日本』のプロデューサー。

沢口《さわぐち》 秀《しゅう》——四谷にある岡村《おかむら》学園の事務職員。ボランティアで「特定班」の活動をしている。

唐津《からつ》 旭《あさひ》——東陽《とうよう》テレビ報道局『ニュース2・0』のプロデューサー。

二本松《にほんまつ》 楓《かえで》——秀の高校時代の同級生で、調剤薬局に務める正義感の強い薬剤師。

二本松 翠《みどり》——楓の齢《とし》の離れた姉で、東京地方検察庁のやり手の検事。美人で恋多き女。

小野松太郎《おのまつたろう》——豊洲市場《とよすしじょう》にある鰹節屋《かつおぶしや》「おの松《まつ》」の店主。昨年末に妻が乳癌《にゅうがん》で亡くなる。

井本《いもと》しおり——松太郎の娘。夫の浮気もあり、子供を連れて実家に戻り、店を手伝っている。

吉武《よしたけ》 功《いさお》——豊洲市場にあるつまもの屋「吉武」の若主人。しおりに心を寄せている。

峰岸壮介《みねぎしそうすけ》——医療品メーカー勤務で、公認会計士の資格取得に向けて岡村学園で勉強中。

一皿目

蕎《そ》麦《ば》で愛して

その店は東京メトロの新宿三丁目《しんじゆく》駅から徒歩五分くらい、新宿通りと靖国《やすくに》通りの間を繋《つな》ぐ路地《ろじ》に面した雑居ビルの二階にあった。住所でいうと新宿二丁目になる。

雑居ビルは古くて狭く、俗にいうペンシルビルだった。路地に立って見上げると「蕎麦居酒屋《いざかや》ひなた」の看板がかかっていた。一階は理髪店、三階より上のテナントはすべて事務所で、二階はエレベーターが停まらず、狭い階段を上らなくてはならなかった。

店のドアの前には開店を祝う胡蝶蘭《こちようらん》の鉢《はち》が一つ置かれていた。名札には「丸真《まるしん》トラスト　真行寺《しんぎようじ》巧《たくみ》」と書いてある。扉《とびら》の内側にはすでに藤色《ふじいろ》の暖簾《のれん》が下がっていた。

「こんにちは」

声をかけてドアを開けると、「いらっしゃい！」と元気な声が出迎えた。

「恵《めぐみ》ママ、よく来て下さいました！」

カウンターの中にいた桂木《かつらぎ》日向《ひなた》が、勢いよく頭を下げた。

「良い店じゃない」

ぐるりと店内を見回して、玉坂《たまさか》恵は声を上げた。

「わ、嬉《うれ》しい！」

「シンプルで清潔感があって、落ち着くわ。白とベージュでまとめた色調が、和のお店にはぴったり。外から見た感じと違って、風情《ふぜい》があってすてきよ」

壁は白い漆喰《しっくい》で、カウンターと椅子《いす》、柱は明るい色の木材を使っている。障子《しょうじ》の桟《さん》と和紙のような色合いだ。

ただし、店はとても小さい。カウンター五席と奥に二人掛けのテーブル席が一つ。無理をすれば三人で卓《たく》を囲めるが、かなり窮屈《きゅうくつ》だ。

「ワンオペだから、このくらいがマックスだと思うんです」

日向はカウンターの中から言った。

厨房《ちゅうぼう》も狭く、一畳にも満たない。その中に流し台とガス台、調理台、冷蔵庫が配置されている。「めぐみ食堂」の厨房も狭いが、その上を行くコンパクト仕様だ。

しかし、日向ならその空間を上手《うま》く使いこなせるだろう。

今は二月八日の木曜日、午後三時。店は明日の金曜日にオープンする。恵は自分の店の開店準備の前に、「初めての弟子《でし》」の店を覗《のぞ》きに来た。三時半にはここを出ようと思っているので、あまりゆっくりする時間はない。

「あら、上が荷物入れになってるのね」

カウンターの真上の仕切り壁に、ボックス型の棚が五つ設《しつら》えてある。かなり大きめなので、ボストンバッグでも収納できるだろう。

「これ、良いアイデアね。すごく使いやすいわ」

「デザイナーさんの提案なんです。私もすごく気に入ってるんですよ」

「荒尾《あらお》さんは、この店にはもう来た？」

「はい、何回か。隠《かく》れ家《が》っぽくて良いって」

荒尾一弘《かずひろ》は日向のパートナーで、芸能プロダクション「アローズ」でプロデューサー兼お笑い芸人のマネージャーをしている。二人は先月に入籍した。日向の店が軌道にのったら式を挙げる予定だ。

「真行寺さんには、本当に何から何までお世話になって、感謝してもし切れません。私の希望通りの立地だし、お家賃も予想していたよりかなり安いし」

テナントは路面店が一番高く、地下や二階以上はそれより安くなる。特にこの店のように、エレベーターが停まらず階段を使わなくてはならない場合は、さらに安くなるはずだ。

「でも、本当にここで良かったの？　やっぱり、一見《いちげん》さんは入りにくいでしょ」

路面店でないと、ふらりと通りかかった人が立ち寄る率は下がる。ましてこの店は荒尾の言う通り「隠れ家」的で、知らない人は訪れないだろう。

「その方がいいんです。最初は、素性《すじよう》の分かってるお客さまだけに来ていただいて、それからお連れの方もリピーターになっていただいて、徐々に客筋《きやくすじ》を広げて……」

「あ、そうか。ひなちゃんは人脈があるのよね」

日向は前は売れっ子の実演販売士だった。当時の人脈の他に、荒尾を通して芸人仲間とも付き合いがあるし、西新宿に本社を置く丸真トラストの真行寺も、全面的にバックアップしてくれるだろう。

その点が、スキャンダルで人気占い師の座を追われ、世間から身を隠すようにして海外で過ごした後、ひょんなことからおでん屋を始めた恵と違っていた。

「場所柄《がら》なんです。四谷《よつや》と新宿は、全然違うんですよ」

恵の考えを察したように、日向は首を振った。

「四谷はオフィス街と学生街だから、変な人が入ってくることは少ないですよね。でも新宿は盛り場だから、どんなお客さまが来るか分かんないんです。もし変な人が入ってきたら、私一人じゃどうにも出来ない。だから一見さんはお断りなんです。少なくとも最初のうちだけは」

酔って暴《あば》れて店を壊すかもしれないし、最悪の場合はお客さんが強盗《ごうとう》に変身するかもしれない。

「前に荒《あら》ちゃんに、新橋《しんばし》の雑居ビルの三階にあるスナックに連れてってもらったんですけど、同じフロアの小さい店のドア全部に『会員制』のステッカーが貼《は》ってあったんです。高級クラブでもないのにどうしてって訊《き》いたら、荒ちゃんが『女一人で経営していて、周りの店もみんな女一人だから、いざというとき誰にも助けてもらえない。だから警戒して予防線を張ってるんだ』って、教えてくれました」

「まあ」

恵は改めて自分の幸運に思い至った。もしめぐみ食堂が四谷のしんみち通りのおでん屋でなく、新宿の路地裏のスナックだったら、危険な目に遭《あ》っていたかもしれない。

「私一人だから、あわてずゆっくり、お客さまを増やしていきます。そうやって、いつもお客さまが店にいてくれるようになったら、一見さんもお迎えしようと思います」

「ひなちゃんは、偉いわね。若いのにちゃんと将来の計画を立ててるんだもの」

めぐみ食堂を始めたとき、恵には将来の計画などまるでなかった。マスコミからバッシングを受けて地位も名声も失った後に、やっと自分の居場所が見つかったという、その思いにすがりついていた。

「計画倒れにならないといいんですけど」

日向はチラリと笑い、萬古焼《ばんこやき》の急須《きゅうす》を手に取った。

「お茶なんかいいわよ。忙しいんだから、お構いなく」

「私もひと休みしますんで」

日向は二人分のお茶を淹《い》れて湯呑《ゆの》みに注《そそ》ぐと、カウンターから出て恵と並んで座った。

「明日の予約、入ってるの？」

「はい。真行寺さんがお客さま四人と。それと、荒ちゃんが」

「良かったわね」

真行寺は大手不動産賃貸会社・丸真トラストの社長だが、幼い頃両親を亡くし、「愛正園《あいせいえん》」という児童養護施設で育った。事業家として成功してからは、長年にわたって愛正園に支援を続けている。

日向も愛正園の出身で、いわば真行寺の後輩だ。真行寺は実演販売で成功した日向を、園の子供たちの希望の星にしたいと考えていた。そして日向が目標を飲食店の経営に切り替えた後も、同じ考えから、何くれとなく力を貸している。

「予約が主体だと、お料理はお任せ?」

「はい。ただ、作り置き料理はお通しで活用します」

「それで、シメはお蕎麦ね」

日向は小料理屋を経営したいと思い始めてから、おにぎりやお茶漬《ちゃづ》けの他にシメの料理にお蕎麦を出したいと考え、蕎麦打ちの教室に通った。日向が出すのは文字通り手打ち蕎麦だ。それで店名も「蕎麦居酒屋」にした。

「あと、味噌汁《みそしる》にも力を入れるつもりなんです」

日向はお茶をひと口啜《すす》ってから先を続けた。

「もちろん、ご飯とお新香《しんこ》セットもありますけど、味噌汁だけでもシメになるような。それと、そこに素麺《そうめん》を入れる食べ方もあるんですよ」

「味噌汁に素麺? 珍しいわね。にゅう麺はおすましだし」

にゅう麺は温かいすまし汁に素麺を入れたものだ。

「私も知らなかったんですけど、徳島では味噌汁に入れるそうです」

実は、関西や中国、四国、九州では味噌汁に素麺を入れるのは珍しくなく、特に福岡と長崎では多いらしい。

「この前、鉄平《てっぺい》ちゃんが仕事で四国に行ったとき、徳島の居酒屋さんで食べたって言ってました」

八並《やなみ》鉄平はアローズに所属するお笑い芸人で、テレビに出演する機会がほとんどなかったせいか、実力に比べて知名度は高くなかった。それが一月からIT実業家・藤原海斗《ふじわらかいと》が運営する動画配信番組で、日本史の学者・日高真帆《ひだかまほ》と組んだ《お笑い教養番組》「コメディー de アカデミー」が配信されると、百万回を超える再生回数を記録するものもあり、一躍有名人の仲間入りを果たした。

「鉄平さんも新婚早々で、ますます忙しくなっちゃったわねえ」

鉄平は去年の十二月のはじめ、めぐみ食堂で常連客の童話作家・麻生瑠央《あそうるお》と出会い、あっという間に互いの距離を縮め、新年早々にスピード結婚をした。二人は時を置かずに式を挙げるつもりでいたが、鉄平の仕事が予想以上に立て込んできて、少し落ち着くまで延期することになったのだった。

「おめでたいことですよ。芸人は売れてなんぼですから。それに、瑠央さんは鉄平ちゃんのファンでもあるんです。きっと、一緒に喜んでますよ」

「そうよね。瑠央さんが鉄平さんに惹《ひ》かれたのは、芸に惚《ほ》れたのがきっかけですもんね」

それに瑠央自身が童話作家として活躍しているので、鉄平が仕事に懸ける気持ちは十分に理解しているだろう。

恵はカウンターに置かれたメニューを手に取った。二十センチほどの横長の千代《ちよ》紙《がみ》で、一枚はアラカルトメニュー、一枚はアルコール類が書いてある。手書きの文字は丸っこくて読みやすかった。

「私、実演販売士時代に手書きのPOP字の講習を受けたんです。スーパーの商品の値段とかが書いてある、あれです。お習字《しゅうじ》やったことないから字がヘタだけど、これなら何とか様になるかなって」

「いいわよ。可愛《かわい》らしくて読みやすいわ」

アラカルトメニューには、自家製あん肝《きも》、自家製しめ鯖《さば》、菜《な》の花《はな》の明太《めんたい》マヨネーズ和《あ》え、ふきのとうの天ぷら、鮭《さけ》ハラス焼きなどが並んでいる。鮭ハラス焼き以外は、めぐみ食堂のお勧め料理だ。

「いただいちゃいました」

日向は笑《え》みを浮かべて敬礼の真似《まね》をした。

「あん肝としめ鯖は作り置き出来るし、他も注文を受けたらすぐ出来るし」

「嬉しいわ。うちで働いたことは、ちゃんとひなちゃんの役に立っているのね」

「もちろんです」

日向は大きく頷《うなず》いた。

「背伸びして難しいことをするのはやめました。出来る範囲で美味《おい》しいものを作って、お客さまにお出しします。家庭料理の延長みたいな料理になるけど、そういうのが好きなお客さまもいらっしゃるんですよね」

「そうそう。おでんなんか、まさにそのものずばりよ」

恵はしみじみとした口調になった。

「私も長年店をやってて、つくづく分かったわ。料理に正解はないのよね。おでんが食べたいときはおでんが、お蕎麦が食べたいときはお蕎麦が、ゴージャスなフレンチを食べたいときはそういう料理が、その人にとって最高の味なんだって」

恵はお茶を飲み干すと、椅子から立ち上がり、隣の椅子に置いたバッグを引き寄せた。

「そろそろ失礼するわ」

「今日はありがとうございました。恵ママ」

恵はバッグから祝儀袋《しゅうぎぶくろ》を取り出し、日向に差し出した。

「これ、少ないけど、開店祝い」

日向は一歩後ずさって、胸の前で片手を横に振った。

「とんでもない、いただけません！」

「気持ち、気持ち。遠慮するほど入ってないから」

恵は日向の手に祝儀袋を押しつけた。

「ありがとうございます。頂戴《ちょうだい》いたします」

日向は両手で祝儀袋を掲《かか》げ、深々とお辞儀《じぎ》した。

「日曜日、お時間あったらいらして下さい」

「ええ。楽しみにしてるわ」

恵は軽く手を振って店を出た。


新宿三丁目駅から東京メトロ丸《まる》ノ内線《うちせん》に乗り、四ツ谷《よや》駅で降りた。二番出口の階段を上ると、しんみち通りは目と鼻の先だ。

四谷見附《みつけ》交差点の北側、新宿通りと並行して延びる全長百五十メートルほどの細い通りは、路地と呼んだ方がふさわしいかもしれない。道の両側には七十軒以上の店が軒《のき》を連ね、ビジネスホテルもあるが、ほとんどが飲食店だ。

それも入りにくい高級店はなく、多くが気軽に入れる大衆的な店だ。居酒屋に混じってアジア料理の店もあり、創業四十五年、しんみち通りに移転して三十五年という、日本有数の老舗《しにせ》メキシコ料理店もある。

昼はランチを求めるサラリーマンや学生で賑《にぎ》わい、夜は同じお客さんが、酒と肴《さかな》を求めて訪れる。昼も夜も、お腹《なか》にもお財布《さいふ》にも優しいのがしんみち通りだ。

そのしんみち通りの四ツ谷駅からみると出口近く、通りの中では一番新しいビルの一階の一隅《いちぐう》に、めぐみ食堂は店を構えている。一階の三分の二は有名なうどんチェーン店のテナントだ。元の店舗は築六十年という老朽化《ろうきゆうか》した木造建築だったのだが、開店から十年後、隣の店からのもらい火で焼け出された。その跡地《あとち》を丸真トラスト社長の真行寺が買い取って、翌年新しいビルが竣工《しゆんこう》し、めぐみ食堂をもとの場所にテナントとして入れてくれたのだった。ちなみに、しんみち通りに路面店のおでん屋はめぐみ食堂しかない。

真行寺がそこまで恵に肩入れしてくれる理由は、恵の占いの師・尾局與《おつぼねあたえ》が、真行寺の命の恩人であり、ある意味で育ての親ともいえる存在でもあったからだ。「玉坂恵の力になって欲しい」という與の遺言《ゆいごん》を、真行寺は今も律儀《りちぎ》に守ってくれている。一見無愛想《ぶあいそう》でとっつきにくいが、恵や日向の力になってくれたように、本当は優しい心の持ち主なのだった。

恵が真行寺と初めて出会ったのは、まだ女子大生の頃だった。あれからすでに三十年以上が経《た》つ。輿や恵の夫・中江旬《なかえしゅん》の死をはじめ、随分《ずいぶん》色々なことがあったが、未《いま》だに交流が続いているのは、やはり縁《えん》があったとしか思えない。いくら真行寺が輿の遺言を大切に思っていても、恵に対する好意と信頼がなかったら、付き合いはもっと儀礼的で冷たいものになっていただろう。

恵はシャッターを上げ、店の入り口の鍵《かぎ》を開けた。引き戸を開けると、店の中にこもった冷気が外に流れ出す。夏の蒸し暑い熱気も嫌だが、冬の冷気も首をすくめたくなる。今年の冬が例年より寒く感じられるのは、日向がいなくなったせいだろうか。一緒に店をやったのは、ほんの二ヶ月だったのに。

電灯《でんとう》を点《つ》け、エアコンのリモコンを押して、開店準備に入った。

まずはおでんの具材《ぐざい》の下煮と、出汁《だし》の準備。出汁が取れたら、具材を入れて煮込めばおでんは完成する。その間に本日のお勧め料理の下ごしらえをして、大皿料理を作るのがいつものルーティーンだ。

今日は午前中に豊洲《とよす》で買い出しを済ませ、品物を店に置いてから日向の店を訪ねた。お勧め料理は豊洲の品揃《しなぞろ》えを見てから決めることも多い。

今日の目玉はホタテ貝柱《かいばしら》だ。大きくて新鮮で、値段はリーズナブル。お刺身《さしみ》と、ちょっと目先を変えて、フルーツカルパッチョにしてみよう。もう一品は生姜《しょうが》バター焼き。そして甘エビ。これはお刺身かカクテルで。これに昨日作った自家製あん肝としめ鯖。あとは白魚《しらうお》の卵とじ、豆腐《とうふ》と甘エビの塩とろみ煮。甘エビの頭と殻《から》で出汁を取ったお味噌汁。寒いからあったまる料理は売れるわね。

お勧め料理の下ごしらえを終えると、大皿料理に取りかかった。

今日の五品は、大根の明太ナムル風、ベルギー風旬菜《しゅんさい》ホットサラダ、豆腐のチャンプルー、カボチャの煮物、そしてウズラ卵のウフマヨ。五品のうち四品が新作で、しかも砂糖と醤油《しょうゆ》を使わない味付けだ。

寒い季節は白い野菜が美味しくなる。大根はその代表だが、おでんの定番でもある。しかし五ミリ角の細い拍子《ひょうし》切りにしてゴマ油で炒《いた》め、塩麹《しおこうじ》で味をつけ、ほぐした明太子《めんたいこ》、貝割れと和えて白煎《しろい》りゴマを振ると、おでんの大根とはまったく違う「明太ナムル風」が出来上がる。

ベルギー風旬菜ホットサラダは、ベルギーの家庭料理で、カリフラワー、ブロッコリー、サツマイモ、レンコンをひと口大に切ってレンチンし、バターとオリーブオイルで炒め、最後に剝《む》きエビ（今日は甘エビ）を加えて火が通ったら、塩、粗《あら》びき黒胡椒《くろこしょう》、純リンゴ酢《す》で味をつける。爽《さわ》やかな酸味はアルコールとの相性も良い。

豆腐のチャンプルーは、豆腐と豚《ぶた》バラ肉薄切り、ニラを炒め合わせ、最後に卵を加えた料理で、味付けは塩、胡椒、酒のみ。シンプルな味付けが素材の持ち味を生かして、これも酒の進む一品だ。

ウズラ卵のウフマヨは、半熟に茹《ゆ》でて殻を剝いたウズラ卵に、マヨネーズ、牛乳、オリーブオイル、フレンチマスタードを混ぜたソースをまとわせ、仕上げに粗びき黒胡椒をかけた料理。シンプルこの上ないが、ウズラ卵の茹で方に料理家・今井亮《いまいりよう》氏の秘伝があって、濃厚な黄身《きみ》のとろける美味しさは堪《こた》えられない。

すべての準備を終えて壁の時計を見上げると、六時五分前だった。恵は割烹着《かつぽうぎ》を調理用から接客用に着替え、手鏡を覗いて化粧が崩れていないかチェックすると、カウンターを出た。

店の外に暖簾をかけ、立て看板の電源を入れ、入り口に吊《つ》るした「準備中」の札《ふだ》を裏返して「営業中」に直した。

恵が店に入り、カウンターに戻って五分ほどで、その日の口開けのお客さんが訪れた。

「いらっしゃいませ」

「こんばんは」

めぐみ食堂のご常連のひと組、新見圭介《にいみけいすけ》と浦辺佐那子《うらべさなこ》の熟年事実婚カップルだった。

「いらして下さって良かった。今日は新作料理が沢山《たくさん》あるんです」

佐那子はコートを脱ぎながら、カウンターの上の大皿料理に視線を走らせた。

「そのようね。大皿料理、カボチャ以外は初お目見《めみ》えだわ」

「さすが、お目が高い」

恵は二人におしぼりを差し出した。

「お飲み物は何にしましょう？」

「私、まずはホットワインをいただくわ。寒い季節に温かいお酒って、やっぱり良いわね」

佐那子は問いかけるように圭介を見た。

「僕も、同じものを下さい」

恵は二つの耐熱グラスに半分ほど赤ワインを注ぎ、その半量のオレンジジュースを足した。そこに小匙《こさじ》一杯のハチミツを入れて混ぜ、五百ワットの電子レンジで一分二十秒加熱した。レンジから出したら、シナモンパウダーを振って出来上がりだ。

「乾杯」

新見と佐那子はグラスを合わせ、ホットワインを啜った。

「最初に比べると、すごく呑みやすくなったわね」

「前はマーマレードを入れて電子レンジでチンしただけでしたけど、今はオレンジジュースで割ってるんです。その方が、アルコール度数が下がって、呑みやすくなるので」

「そうね。私はお酒が強いから大丈夫だけど、普通の女性は絶対この方が良いわね」

新見は二口目のホットワインを啜ってから言った。

「でも、恵さんは偉いね。新しいメニューを考えても、そこからさらに創意工夫を重ねるんだ」

「そんな大層なもんじゃありません。うちは常連さんが多いので、皆さんに飽《あ》きられないようにしないと……」

恵は大皿料理を皿に盛りつけ、二人の前に置いた。

佐那子は新メニューの説明を聞きながら、ベルギー風旬菜ホットサラダに箸《はし》を伸ばした。

「さすがベルギー風ね。ワインに合うわ」

新見もカリフラワーとブロッコリーを箸でつまんで言った。

「きっとビールにも合うよ。ベルギーで作っているビールの種類は世界で一番多いんだ」

「あら、そうなの」

「ビールといえばドイツってイメージが」

佐那子も恵も口を揃えた。

「ドイツはビール大国だけど、ベルギーは千種類以上の銘柄があるそうなんだ。普通のビールから、ビールとは思えないようなものまで、とにかく種類が多くてね。スパークリングワインとしか思えないような、ピンク色のビールもあったよ」

新見は再びホットワインで喉《のど》を湿《しめ》した。

「昔、学会でブリュッセルに行ったことがあってね。そこでルーヴェン・カトリック大学の教授と親しくなって、夜、パブみたいなところへ案内してもらった。色んな種類のビールを呑みながら、たっぷり蘊蓄《うんちく》を聞かせてもらったよ」

佐那子は感心したように新見を見遣《みや》った。

「羨《うらや》ましい。私、ベルギーについて知ってることって『フランダースの犬』くらいだわ」

するといい新見は苦笑を漏《も》らした。

「あれは十九世紀に英国の作家が書いた作品でね。外国語の作品だから、地元のベルギーではあまり知られていなかった。多分、世界中で一番『フランダースの犬』を愛しているのは日本人だろうね。特に一九七〇年代にアニメが放送されてからは、日本人観光客が舞台となった村に、大挙《たいきょ》して訪れるようになったんで、アントワープに記念の銅像が建ったというから」

実際、地元のベルギーでは、どうして名もない村に日本人観光客がやってくるのかをテーマにしたドキュメンタリー映画が、二〇〇七年に作られたという。

「でも、やっぱり『フランダースの犬』は名作ですよ。私、あのラストシーンを思い出すと、今でも涙が出そうになるんです」

恵は子供の頃に放送されたアニメを思い出した。今でも「懐かしのアニメ名場面」的な番組では、必ず登場する定番シーンだ。

「あの作品を愛するのも、日本人特有の感性かもしれない。アメリカでは原作が出版されるとき、『このラストはあまりにも救いがない』というので、ハッピーエンドに書き換えたバージョンが発売されたそうだ」

新見は大根の明太ナムル風を口に運んで、満足そうに口角《こうかく》を上げた。

「これは日本酒が欲しくなる味だね」

「じゃあ、お勧め料理を選びましょうか」

佐那子は壁のホワイトボードを振り仰《あお》ぎ、本日のお勧め料理のメニューに目を向けた。

「今日はホタテと甘エビが推《お》しみたいね」

「はい。今日、豊洲で仕入れてきました。新作のフルーツカルパッチョと、生姜バター焼きは自信作です」

「甘エビはどっちにしようかしら」

佐那子と新見は、お互いの意見を確認するように目を見交《みか》わした。

「恵さん、甘エビは普通のお刺身でいただくわ。ホタテのカルパッチョと生姜バター焼きの後は、おでんにします」

「はい、畏《かしこ》まりました」

「お酒は何が良いかしら？」

「カルパッチョと生姜バター焼きにはスパークリングワインが良いかもしれません

が、醸《かも》し人《びと》九平次《くへいじ》の純米大吟醸《じゅんまいだいぎんじょう》雄町《おまち》も、オリーブオイルやバターを使った洋風メニューと相性が良いって、酒屋さんのお勧めです」

新見がパッと目を輝かせた。

「それが良い。ね、佐那子さん」

「ええ。そうしましょう。とりあえず二合ね」

新見は佐那子に付き合ってスパークリングワインを呑むことも多いが、基本的には日本酒好きだ。

「今日は、甘エビの頭と殻で出汁を取ったお味噌汁もあるんです。よろしかったらシメに如何《いかが》ですか？」

「いいわねえ。私最近、お味噌汁ってあまり飲んでないのよ」

「僕も学食でランチを食べるときくらいかな」

新見は四谷にある浄治《じょうち》大学の客員教授である。佐那子とは別居婚なので、二人とも基本的に一人暮らしだ。女性でも高齢で一人暮らしをしていると、毎日の食事作りが億劫《おっくう》になってくる。まして男の新見ならなおさらだろう。

恵はまず、醸し人九平次をデカンタで出し、甘エビの刺身を皿に盛り、二人の前に置いた。

次にホタテのフルーツカルパッチョを作り始めた。まずイチゴ、オレンジ、リンゴを五ミリ角に切る。次につぶしたイチゴと塩、オリーブオイルを混ぜてソースを作る。そぎ切りにしたホタテの貝柱を皿に並べ、軽く塩と粗びき白胡椒を振り、イチゴソースをかけ、最後に細かく切ったフルーツをたっぷりと載せて出来上がり。

「あら、きれい。なんだかデザートみたいね」

ホタテが見えないくらい、色とりどりのフルーツが載っている。

「ホタテの甘味とフルーツは、相性が良いんですよ」

新見と佐那子は早速カルパッチョを口に入れ、醸し人九平次で追いかけた。新鮮なホタテの甘味とフルーツの爽やかさが、ボリューム感がありながら軽《かろ》やかな酒で洗われ、さっぱりした後口《あとくち》が残る。

「まあ、これは進むわね」

佐那子は早くもグラスを空《から》にした。

「去年うちで働いていたひなちゃん、覚えていらっしゃいます？」

「もちろん。女将修業《おかみしゅぎょう》を無事に終えて、独立するのよね」

「はい。明日、開店なんです。新宿二丁目で」

恵はホタテの生姜バター焼きに取りかかりながら、日向の店のことを話した。

「お蕎麦を売りにするのは知ってましたけど、お味噌汁にも力を入れるって聞いて、感心しました。若い人の味噌汁離れが増えてるみたいだから」

「やっぱり、食習慣じゃないかなあ。最近、朝はパン食が増えたでしょう。昼と夜は外食とコンビニ。これじゃあ、味噌汁の出番は減る一方だね」

新見は甘エビの刺身をつまみ、醸し人九平次を口に含んだ。

フライパンに塩を振ったホタテ貝柱を並べ、ガスの火にかけてバターを加えた。このまま表面に焼き色がつくまで、中火で焼く。バターの溶ける匂《にお》いがカウンターに流れ、新見も佐那子も思わず鼻をひくつかせた。

「でも、食べる機会があれば、その限りでもないと思うわ。この前大手町《おおてまち》駅の近くで、豚汁《とんじる》定食専門店を見たんだけど、お店もテイクアウトのコーナーも、結構人がいっぱいだったわよ」

「味噌汁はお金を払って店で食べるもんじゃなくて、家で毎日食べるもんだったけどね。まあ、時代だから仕方ないか」

ホタテの両面に軽く焼き色がついたら火を止め、擂《す》り下《お》ろし生姜を加えてさっと絡《から》め、器《うつわ》に盛った。

「お待たせしました」

別皿に焼き海苔《のり》を添えた。

「どうぞ、お海苔で巻いて召し上がって下さい」

二人は言われた通り、ホタテを海苔で包んでひと口齧《かじ》った。

「合うわ、海苔とホタテ」

「前に寿司屋《すしや》で、平貝《たいらがい》を焼いて海苔で巻いたのを食べたことがある。あれも美味《うま》かった。海の幸の相乗効果だな」

二人は醸し人九平次で合いの手を入れながら、ホタテの生姜バター焼きを完食した。

それを見て、恵は嬉しさと共に安堵《あんど》を感じた。新見は六十代後半、佐那子はすでに七十代だった。これから先、今より食欲が旺盛《おうせい》になることはないが、今の健啖《けんたん》ぶりを維持できる限り、まだまだ元気でいられると思う。

「さあ、次はおでんね」

佐那子が楽しそうな声で言い、おでん鍋を覗き込んだ。

翌日、朝八時三十分を少し過ぎた頃、恵は買い物用のカートを引っ張って、「ゆりかもめ」の市場前《しじょうまえ》駅に降りた。正式な路線名は東京臨海新交通臨海線だが、その名称が用いられることはほとんどなく、ゆりかもめで通っている。

ゆりかもめは新橋と東京臨海副都心、豊洲を結ぶ交通機関で、沿線にはお台場《だいば》、東京ビッグサイト、有明《ありあけ》、豊洲市場などの集客施設の他、大学のキャンパスもあって、利用客は一日平均十万人を超える。

東京メトロの四ツ谷駅から市場前駅までは三十分以上かかる。市ケ谷《いちがや》で有楽町《ゆうらくちょう》線《せん》に乗り換えて豊洲へ、豊洲でゆりかもめに乗り換える。二つ目の駅が市場前で、改札口を出ると豊洲市場は目の前だ。

恵が最初に向かうのは、6街区水産仲卸《なかおろし》売場棟の三階で、ここは特種物《とくしゅもの》業界といい、活魚、貝類、高級鮮魚を扱う店が集まっている。

その中の種物屋《たねものや》と呼ばれる店は、「寿司種」「天ぷら種」になる魚介類を扱う店で、顧客は寿司屋や天ぷら屋、高級料亭《りょうてい》が多い。扱う魚の種類も多く、活魚も売っている。

恵などは縁のない店と思われがちだが、実はリーズナブルな魚や思わぬ拾い物もある。車エビは生きたまま搬送《はんそう》されるのだが、死んでしまうと値は半分以下になる。

「あ〜あ、こらダメだわ。おねえさん、半額にするけど、持ってかない?」

「岩《いわ》もと」という種物屋の前で魚を眺《なが》めていたとき、店主に声をかけられたのは、三年半ほど前の夏だった。

店主はおがくずの詰まった箱に手を突っ込んで、おそらく瀕死《ひんし》状態の車エビを何尾か取り出して見せた。そのおがくずの中には保冷剤が何個も入れてあった。低い温度に保たないと、エビが死んでしまうのだという。

「本当に、半額でいいの？」

「いいよ。もうこいつら、余命いくばくもないから」

そんなわけで恵は捨て値で車エビを三十尾売ってもらった。それを店で天ぷらとバター焼きで出し、お客さんに大喜びされた。

岩もととはそれ以来の付き合いで、割安の魚があるときは声をかけてくれるし、買った魚はさばいてくれる。良心的な店はどこもそうだが、一度に使う金額は少なくても、律儀に買いに来る客は大事にしてくれる。

「今日は鯛《たい》がお買い得だよ。小ぶりだけど、味は良いよ」

「じゃ、いただきます。下ろしてもらえます？」

「いいよ。アラ、どうする？」

「持って帰ります。アラ汁にするんで」

恵は品揃えを眺めて、天ぷら用にワカサギ、他に青柳《あおやぎ》とアサリを買った。青柳は刺身とぬた、アサリは酒蒸《さかむ》しにする予定で、余ったら殻付きのまま冷凍する。料理本に貝は冷凍すると旨味《うまみ》がアップすると書いてあったので、冷凍を活用している。

三階で買い物を終えると、四階に上がった。四階は加工食品と用品類の店舗《てんぽ》が七十店ほど入っている。

用品とは長靴《ながぐつ》・包丁《ほうちょう》・料理用具・はかり・包装資材・衣料など、店舗や市場で使う品々を言い、加工食品とは珍味《ちんみ》・漬物《つけもの》・乾物・海苔・茶・調味料・チーズ・山葵《わさび》・促成《そくせい》野菜・つまものを言う。

つまものとは「刺身のつま」からきている呼び方で、「つまもの屋」は大まかにいうと八百屋《やおや》のことだが、プロが買いに来る店なので、季節を先取りした野菜や、業務用の珍しい野菜を扱っている。

めぐみ食堂は高級料亭ではないが、店では山菜の天ぷらをお勧めメニューに載せたりするので、つまもの屋でタラの芽やふきのとうを買ったり、勧められて珍しい野菜やキノコ、ハーブ類を買うこともある。

恵はつまもの屋「吉武《よしたけ》」の前で立ち止まった。

「いらっしゃい」

若主人の吉武功《いさお》が声をかけてきた。まだ四十になったばかりだが、去年、父の守《まもる》が腰痛をこじらせて入院してからは、主人として店を切り回している。

「今日、セリの良いのが入ってるよ」

「秋田産？」

「宮城。『羽島《はしま》農園』のだから、間違いないよ」

根っこのついたセリで有名なのは秋田の三関《みつせき》セリだが、宮城産も負けていない。県では根っこ付きのセリを味わってもらおうとセリ鍋を開発し、今は専用の鍋スープまで販売している。

「三束《たば》下さい」

めぐみ食堂ではセリはおでんの具材として出す。注文を受けてからおでん汁でさっと煮るのだが、根付きのセリは人気メニューだ。

「それと、ふきのとうとゆり根」

「菜の花、持ってかない？」

「そうねえ……」

「和風もいいけど、洋風もイケるよ。バター醤油炒めとか、ガーリック風味でベーコンと炒めるとか」

菜の花は大皿料理にするときは、辛子《からし》醬油やゴマ和えなど、和風が多い。洋風にすれば目先が変わるだろう。

「それじゃ、菜の花ももらうわ。お勘定《かんじょう》お願い」

恵は財布を取り出しながら、「さすが店主になると、功さんも商売熱心になるわね」と感心した。二十代の頃はすべて父親任せで、あまり商売に熱が入らない様子も窺《うかが》えたのだが、今は顔つきまでしっかりしている。

「これから何軒も回るの？」

功はカートに野菜を詰め込んでいる恵に尋ねた。

「あとは『おの松《まつ》』さんで終わり」

おの松は吉武の並びにある鰹節《かつおぶし》屋だった。鰹節にはカビをつけて乾燥させた鰹枯節《かれぶし》と、カビをつけない鰹荒節《あらぶし》があり、削《けず》り方も平削り・厚削り・糸削り・上粉《じょうこ》等、用途に合わせて何種類もある。そして日本料理の出汁に、鰹節と昆布《こんぶ》は欠かせない。めぐみ食堂も、おでんの出汁は鰹節と昆布、鶏ガラで取っている。

「カート置いてけば？　どうせ戻ってくるでしょ」

「あら、ありがとう」

恵は気軽に応じたが、内心「今までそんなこと言ったことないのに、急にどうしたの？」と訝《いぶか》しく思った。

ともあれ吉武に買い物カートを置き、通路の一番端《はし》の角《かど》にあるおの松へ向かった。

「まあ」

店の前に立った途端《とたん》、思わず声を上げた。

「シーちゃん、久しぶり」

「お久しぶりです」

店主の小野松太郎《おのまつたろう》、息子で若主人の松也《まつや》、そして今日は松也の妹・しおりが店にいる。

「今日はお手伝い？」

「はい、そんなとこです」

吉武もだが、おの松も築地《つきじ》時代から恵が買い出しに来る店だ。しおりは高校生の頃から夏休みと冬休みには店を手伝っていて、大学を卒業してからは店員として働くようになった。しかし八年前に結婚して店を辞《や》め、恵もそれからずっと会っていなかった。

改めてしおりを見ると、一瞬、背後の空気が青白く冷め切っているように感じた。思わず見直したが、もう何も見えなかった。……見間違いだったのだろうか？

「今日は何を差し上げましょう？」

恵の凝視《ぎょうし》をさえぎるかのように、松也が尋ねた。

「ええと、平削りと糸削り、いつもの量で」

「はい、ありがとうございます」

平削りは出汁用、糸削りは料理の飾り用で、例えばホウレン草のお浸《ひた》しにトッピングしたりする。おの松ではなるべく削りたてを提供できるように、朝出勤してから、店に備え付けの電動削り器で鰹節を削り、パック詰めしている。

他の客の相手をしていた主人の松太郎は、帰り際《ぎわ》、恵に向かって「どうも」と小さく頭を下げた。

吉武に戻ると、功が待ちかねたように店先に出てきた。

「シーちゃん、どうだった？」

「わけありなの？」

「そりゃあさ。じゃなかったら、戻ってこないだろ」

そして一段と声を落とした。

「どういう事情か分かる？」

「まさか。挨拶《あいさつ》しただけなのに」

恵は曖昧《あいまい》に言葉を濁《にご》して、6街区水産仲卸売場棟を後にした。

実は恵もしおりのことが気になっていた。しおりは大学を出てからおの松で働くようになったが、それから三年ほど後、買い出しに来た高級和食店の若主人に見初《みそ》められ、いわゆる《玉《たま》の輿《こし》》に乗った。その後、男の子が生まれたと松太郎から聞かされた。玉の輿に乗って跡継《あとつ》ぎの男の子にも恵まれたのだから、まことに順風《じゅんぷう》満帆《まんぱん》のように思える。

シーちゃん、どうして急に里帰りしたのかしら……。

しおりの母は三年前に乳癌《にゅうがん》が見つかり、闘病の末、昨年十二月に亡くなった。松太郎は妻を喪《うしな》ってやもめになったが、息子の松也夫婦と同居しているので、しおりが父の面倒を見るために里帰りしたとは考えにくかった。

そして店に出ているということは、実家にいる期間がある程度長くなるからではないだろうか。二、三日で婚家に戻るなら、店の手伝いなどしないだろう。

あのとき一瞬見えた、しおりの背後を覆《おお》っていた青白い、冷め切った空気は、何を表しているのか……お節介《せっかい》だが、やっぱり気になる。

ゆりかもめの車窓《しゃそう》を流れる風景を眺めながら、恵はぼんやりと考えていた。

その日、めぐみ食堂の開店と同時に現れたのは真行寺巧だった。手には小さなボストンバッグと紙袋を提《さ》げている。

「あら、いらっしゃい」

真行寺は荷物を椅子に置いて、カウンターに腰かけた。

「今日はお客さまとひなちゃんの店に行くんじゃなかったんですか?」

「ああ。七時から予約してある」

真行寺は紙袋から保冷パックの包みを取り出して、カウンターに置いた。

「土産《みやげ》だ。さっき、福岡から戻ってきた」

「それはお疲れ様。ありがとうございます」

恵は保冷パックの包みを押しいただいた。中身は辛子明太子だろう。

福岡に行ったのは、かつて銀座《ぎんざ》で「カメリア」という高級クラブを経営していた朝香椿《あさかつばき》を訪ねたのだろう。カメリアは丸真トラストが所有するビルのテナントに入っていた。そして椿と真行寺は若い頃、一時的に男女の関係にあったらしい。

「椿さん、お元気でした?」

「ああ。福岡へ帰ってからは、睡眠薬がなくても眠れると言っていた」

「まあ」

かつての椿は実に堂々たる貫禄《かんろく》で、高級クラブを取り仕切っていた。睡眠薬に頼って眠るなど、想像も出来なかった。

「俺《おれ》も初めて聞いて驚いたよ。流行病《はやりやまい》の間は、心身ともに限界だったらしい」

椿は銀座の店を手放し、故郷の福岡に戻って、今は一人で小さなスナックを経営しているという。

「故郷へお帰りになったのは、結局、正解だったんですね」

「……だな」

真行寺は思い出したようにボストンバッグを開け、中からエアパッキン（俗にいうプチプチ）で包んだボトルを取り出した。

「これ、椿からお前に」

「あら、嬉しい。何かしら」

パッキンを剝がすと「ソース日本」というラベルの、五百ミリリットルのボトルが現れた。

「福岡で有名な『味《あじ》の正福《まさふく》』という店が出してるソースだとか。素揚《すあ》げしたナスにこのソースを絡めたつまみが出てきて、美味いと褒《ほ》めたら、お前への土産にしてくれと……おかしいな、メモを預《あず》かってきたんだが」

真行寺は背広《せびろ》のポケットをあちこち探り、やっと折りたたんだメモ用紙を引っ張り出し、目の前で広げた。

「ええと、肉や野菜の炒め物、煮物、ドレッシングにも使えます、だそうだ」

真行寺は恵の前にメモを置いた。崩さない文字はきれいで読みやすかった。

「ありがとうございます。遠慮なく使わせていただきます」

恵は丁寧《ていねい》に頭を下げ、ソースのボトルとメモ用紙を手に取った。

「うっかりしててごめんなさい。何か、召し上がります？」

あわてておしぼりを出したが、真行寺は首を振った。

「これから日向の店で喰《く》わなきゃならん。ビールだけでいい」

恵は瓶ビールの栓《せん》を抜き、グラスに注《つ》いでから自分用のグラスにも満たした。

「『蕎麦居酒屋ひなた』の成功を祈って、乾杯！」

恵はグラスを合わせ、ひと息に半分ほど呑んだ。

「昨日、お店に行ってきました。開店準備もすっかり終わって、今日は準備万端《ばんたん》ですよ」

「日向、大丈夫かな」

「もちろんですよ。ひなちゃんは人を逸《そ》らさない魅力があるし、お料理も上手です。作る手順やお出しするタイミングも、ここでちゃんと勉強しました。それに真行寺さんがついてるし、ひなちゃんが開拓した人脈もあるし、絶対に大丈夫です」

真行寺は安心したように溜息《ためいき》を吐《つ》き、グラスに残ったビールを呑み干した。

「勝負はどのくらいリピーターを増やせるか、だな」

「ひなちゃんなら大丈夫よ」

真行寺の心配ぶりは、まるで娘の門出《かどで》に気を揉《も》む父親のようで、微笑《ほほえ》ましい気持ちを誘われた。

「私、店のお客さまにも宣伝してるの。ほら、KITEの藤原さん、あの方もひなちゃん贔屓《びいき》だから、きっと良いお客さまになって下さるわ」

「ありがたいが、それでこの店が閑古鳥《かんこどり》になったら困るな」

真行寺は苦笑を漏《も》らした。

「そうね。でも、大丈夫よ。何とかお客さまが被《かぶ》らないように、上手く回せると思うわ」

めぐみ食堂は日曜定休、蕎麦居酒屋ひなたは月曜定休で、休みも重ならない。

「日向はまだ新人だ。これからもアドバイスしてやってくれ」

真行寺は腕時計を見た。

「じゃ、そろそろ失礼する」

「お土産、ありがとうございました。椿さんによろしく仰《おつしや》って下さいね」

恵は真行寺の背中に頭を下げた。

真行寺と入れ替わるように入ってきた二人連れの男性客を見て、恵は意外な気がした。

「いらっしゃいませ。功さんがご一緒なんて、お珍しい」

おの松の主人・小野松太郎と、吉武の若主人・吉武功だった。

松太郎は妻が闘病生活に入る前は、ひと月か二月《ふたつき》に一度、早い時間に店に来てくれていたが、功は初めてだった。

「おじさんに誘われて」

功はカウンターの席に腰を下ろし、物珍しそうに店内を見回した。

「へえ、恵さんって、こういう店をやってたんだ。なんか、おしゃれだよね。あか抜けてる感じ」

「ありがとうございます。お飲み物は如何《どう》しましょう」

恵は二人におしぼりを差し出して尋ねた。

「俺は、まずは生ビールの中ジョッキ」

「じゃあ、僕も同じでお願いします」

功がカウンターの大皿料理に目を向けると、松太郎が説明した。

「これはこの店の名物で、お通し代わりにオーダー出来るんだ。一品で三百円」

「五品全部で五百円も始めました」

恵が説明を補うと、功は嬉しそうに言った。

「それじゃ、絶対五品でしょう。恵さん、五品二つね」

「はい、ありがとうございます」

恵は二人の前に生ビールのジョッキを置き、今日の大皿料理の説明を始めた。

「菜の花のバター炒め、ウズラ卵のウフマヨ、ひよこ豆のスパイシー炒め、豆腐のチャンプルー、カボチャの味噌マヨネーズ和えです。菜の花は功さんのお勧めにしてみました」

ひよこ豆は缶詰を使う。みじん切りのニンニク、玉ネギの順にオリーブオイルで炒め、ひよこ豆とトマトを加えて、塩とカレー粉で味をつける。ニンニクとカレー粉の風味で、それでなくても食べやすいひよこ豆が止まらなくなる。

カボチャの味噌マヨネーズ和えは文字通り、レンチンしたカボチャを味噌マヨネーズで和えるだけなのだが、甘いカボチャが味噌マヨと混ざると、酒の進む味に変身する。

功はウズラ卵を一個口に入れ、目を丸くした。

「これ、半熟だね。売ってるのと全然違う。自分で茹でたの？」

「もちろん。これはウズラ卵の茹で方が命だもの」

冷蔵庫から出したばかりのウズラ卵を熱湯に入れて二分三十秒茹で、氷水に入れて急速に冷やす。氷水が必須《ひっす》で、普通の水では余熱で半熟が八分《はちぶ》茹でになってしまうのだ。

「殻剝くの、面倒じゃない？」

「そりゃあね。でも、仕事だから」

功と松太郎は「そうだよなあ」と言いたげに頷いた。

恵は壁のホワイトボードを指さした。

「こちらが本日のお勧め料理です」

鯛（刺身またはカルパッチョ）、青柳（刺身またはぬた）、天ぷら（ワカサギ、ふきのとう）、アサリの酒蒸し、ゆり根とエビの塩炒め、鯛のアラ汁。そして特別おでんメニューとして、イタリアン巾着《きんちゃく》とセリのおでん。

今日は金曜日なので、お勧め料理も気合が入っている。

「ふきのとうの天ぷらとゆり根とエビの塩炒め、セリのおでんは注文しないと仁義《じんぎ》にもとるな。うちで売った品だし」

功はホワイトボードを見上げて眉間《みけん》に皺《しわ》を寄せた。

「気にしないで、お好きなものをどうぞ」

するとと松太郎が言った。

「じゃあ、その他に青柳のぬたをもらうよ」

「はい、お待ち下さい」

恵はまず青柳のぬたを作った。今日は菜の花と辛子酢味噌で和える。魚介類のぬたを作るときは甘さを控え、辛子を利《き》かせるのが恵の好みだ。

恵はぬたの器と取り皿を二人の前に置いた。

松太郎はひと箸つまんで頬《ほお》を緩《ゆる》めた。

「酒が欲しくなるなあ。最近、こういうしゃれたもんは食べてない」

そして恵の方に顔を向けた。

「ママさん、日本酒、何がお勧め？」

「そうですねえ。今日は天青《てんせい》の純米吟醸なんか如何ですか？　淡白《たんぱく》な料理を引き立てるデリケートなお酒だから、山菜の天ぷらやゆり根とエビの塩炒め、おでんにも合いますよ」

「じゃあ、それを二合。グラス二つで」

功は感心した顔で恵を見た。

「ママさん、勧め上手《じょうず》だねえ」

「それはお互い様。今日は功さんに勧められたお野菜がいっぱいよ」

恵は笑顔を見せてからデカンタに天青を注ぎ、グラスを二つ用意した。まずゆり根とエビの塩炒めを作り、それからふきのとうの天ぷらを揚げる。ふきのとうは抹《まっ》茶《ちゃ》塩で食べるのがお勧めだ。

松太郎は目を閉じてグラスを傾け、フライパンの中で油の爆《は》ぜる音をＢＧＭのように聞いていたが、おもむろに口を開いた。

「うちのしおりが出戻ってきたことは、もう知ってるよな」

突然のことで、恵は一瞬、炒め物の手を止めた。

「おじさん、そんな決定的なこと、言っちゃっていいの？」

功が心配そうな顔をした。

「ああ、もう決めたんだ」

松太郎はグラスを置いて恵を見た。

「ママさんは、功とうちの松也が、小・中と同級だったって知ってるかな？」

「前にチラッと伺ったような気がしますけど……」

「だから、功に事情を知ってもらえば、他はそのうち自然に伝わってくと思ってさ。それで今日、誘ったんだ」

「おじさん、悪いけど俺、そんなに口軽くないよ」

「分かってるよ。だから正確な事情を知っといてもらいたいんだ。いい加減な噂《うわさ》を流されたら迷惑だからな」

恵は黙って出来上がった炒め物を皿に盛った。ほくほくした柔らかいゆり根は、炒め物にすると甘味を増し、プリプリしたエビの食感との相性も抜群だ。

温かいうちに箸をつけてくれるといいんだけど……と、恵は頭の隅《すみ》で思った。

「もしかして、旦那《だんな》が浮気でもしたの？」

功の問いに、松太郎は苦虫《にがむし》を噛《か》みつぶしたような顔で頷いた。

「ああ。だが、それはただのきっかけだよ。原因はもっと深いところにあった」

「というと？」

「家柄の違いだ」

功も恵も、呆《あき》れて言葉を失った。松太郎はあんぐりと口を半開きにした二人を見て、情けなさそうに首を振った。

「俺だってこの齢《とし》になるまで、今の日本にそんなものがあるとは思わなかった。ところが、あるところにはあったってわけさ」

松太郎は天青を呑み干すと、グラスをカウンターに置いた。

「しおりは大学を卒業してから、うちの店で働いていた」

「うん。豊洲小町《こまち》とか、6街区のマドンナって騒がれてたよね」

「三年ほど経った頃、銀座の『井本《いもと》』の若旦那が、修業を兼ねて買い出しに来るようになった。それでまあ、しおりを見初めて、嫁にくれとなったわけだ」

「あのときはショックだったなあ。まあ、相手が井本の若旦那じゃあ、こっちに勝ち目はないけどさ」

井本は銀座に店を構える一流料亭で、ミシュランガイドで星二つを獲得している。亡くなった二代目店主は《日本料理の神様》と謳《うた》われた名料理人だった。十年前、六十代の若さで急死したが、薫陶《くんとう》を受けた弟子の料理人たちがしっかり暖簾を守り、未だに星の数は減っていない。

「うちも先代には贔屓にしていただいたし、その息子なら間違いないような気がしたんだ。おまけに本人は慶應《けいおう》ボーイで見た目も良いから、しおりものぼせ上がっちまったしな」

人から聞いた話では、三代目の勇一《ゆういち》は学生時代は遊んでいたらしいが、卒業して店に入ると心を入れ替え、料理人として修業に励《はげ》んだという。そして突然二代目の父が亡くなってからも、立派に店主として務めているそうだ。

そんなわけで松太郎も結婚に賛成した。しかし、結婚の話が進むにつれ、松太郎は違和感を覚え始めたという。

「一応、それまでは井本とうちはお客さんと仕入先という関係だよ。しかし、両家の息子と娘が結婚するとなれば親戚《しんせき》だろう。ところが、いつまで経っても向こうの女将がこっちを見る目は仕入れ業者のまんまだった」

女将は二代目の未亡人で、しおりの夫の母親である。店の実権はこの女将が握っているという。

「女将はどうも、最初からこの結婚が気に入らなかったらしい。井本の三代目ならもっと立派な家と縁組が出来たのにと、常々口に出していたそうだ。……しおりに聞くまでは、俺も知らなかったんだが」

しかし結婚から二年後、しおりは男子を出産した。井本の四代目を産んだわけで、これで少しは風向きが変わると期待していたのだが、そうはならなかった。

「うちのが癌になって……入退院を繰り返すようになっただろう」

松太郎の妻・かおりは手術と抗癌剤治療を受けたが、三年間の闘病の末、帰らぬ人となった。

「井本じゃあ、しおりがたびたび実家に帰るのも良い顔をしなかった。だが、うちのは風邪《かぜ》じゃないんだ。医者に余命宣告されちまったんだよ。娘が孫を連れて、顔を見に来るのは人情じゃないか」

恵も功も、共感を込めて大きく頷いた。

「うちのが入院して、いよいよってなっても、あの女将は一度も見舞いに来なかった。まあ、来てもらったところでありがた迷惑だったがな。それでも親戚同士の付き合いとか、礼儀ってのはあるだろう」

「当たり前だよ。聞いてるだけでけったクソ悪いな」

「余命いくばくもないお祖母《ばあ》ちゃんに、孫の顔を見せに行くのが悪いなんて、どうしたらそんなこと考えられるんでしょうね」

功も恵も語気を荒くした。

「決定的だったのは、通夜《つや》の晩だ。あの夜、東京は季節外れの暴風雨になった。セレモニーホールに来てくれた会葬のお客さんの中には、気の毒にずぶ濡《ぬ》れになった方もいた。ところが、あの女将ときたら」

　松太郎の顔が怒りで歪《ゆが》んだ。

「雨がすっかり止《や》んでから、一人だけ一時間も遅れてきやがった。タクシーが着いたのは、坊さんの読経《どきょう》が終わる寸前だったよ」

　女将は少しも悪びれず、悠然《ゆうぜん》と言い放った。

「だってこんな土砂《どしゃ》降《ぶ》りの中にやってきて、ずぶ濡れになったら、物笑いの種じゃありませんか」

　恵も功も、再び言葉を失った。

「俺も、しおりも、松也も千恵美《ちえみ》さんも、真《ま》っ青《さお》になったよ。人間、怒りが頂点を超すと、赤くなるより青くなるんだな」

　千恵美は松也の妻だ。

「しおりもその時点で、覚悟を決めたらしい。井本に戻ったら、旦那と女将の前で、きっちり話をつけると言っていた」

　ところがさらに事件が起きた。

「あのバカ旦那、女優と浮気しやがったんだよ。それを写真雑誌に撮られた。ホテルに入るところと出てくるところを」

写真雑誌は記事にする前、本人に確認を取る。記者が来て勇一を問い詰める場面を、しおりは目撃してしまった。

しおりは当然ながら、夫の浮気をなじった。

すると勇一は言い返した。

「君が実家にばかり行って、家を留守《るす》にするからだ」

そこまで話して、松太郎は疲れたように溜息を吐いた。

恵も功も、かけるべき言葉が見つからなかった。母といい息子といい、揃いも揃って、何という非常識な人間だろう。しおりの背後を覆っていた青白く冷たい空気の正体がやっと分かった気がする。しおりは人の心の温かさのかけらもない家で、ずっと過ごしてきたのだ。

「それでしおりは、孫を連れてうちに帰ってきた。もうあの母子の顔は見るのも嫌だと」

「分かります！」

恵はつい声を高くした。

「そんなところにいても幸せになれません。人を思いやる心のない人には、近づかないのが一番です。そばにいると災難に襲《おそ》われます。なるべく早く離れるべきです。シーちゃんは、早く気がついて良かったですよ」

「ママさんもそう思うかい？」

「当たり前ですよ」

恵はポンと胸を叩《たた》いた。

「みんな私と同じ気持ちだと思いますよ。そう思わないのは、その母子二人くらいです」

功が心配そうに尋ねた。

「それで、離婚の話し合いとか、進んでるの？」

「それはこれからだ」

松太郎はそう答えてから、少し落ち着いたのか、ゆり根とエビの塩炒めに箸を伸ばした。

「うちは孫の勇生《ゆうき》の親権さえしおりが持てれば、それ以外はどうでもいいんだ」

「でもおじさん、向こうは不倫《ふりん》の証拠写真撮られてるんだから、慰謝料《いしゃりょう》とか請求した方がいいんじゃない？　勇生君の将来を考えたら」

功も塩炒めを口に運び、「うま……」と独《ひと》り言《ご》ちた。

「ママさんはどう思う?」

「私は功さんの仰る通り、お子さんの将来を考えて、慰謝料と養育費は請求した方がいいと思います。お子さんのためだけでなく、シーちゃんの精神衛生のためにも」

松太郎も功も怪訝《けげん》そうな顔をした。

「シーちゃんは多分、嫁いだ先で、理不尽な思いをいっぱいさせられたと思うんです。口に出さなくても、若旦那と女将のしたことを思えば、絶対にひどい目に遭わされてますよ」

功が「うん、うん」と大きく頷いた。

「人間、一方的にひどい目に遭わされたままだと、その悔《くや》しさと屈辱《くつじょく》が、長く心に残ります。でも、一矢《いっし》なりとも報《むく》いることが出来れば、結構気分がスッキリして、心に傷は残らないんです」

「つまり、向こうの家にギャフンと言わせてやれってことだよね」

功が楽しそうに声を弾《はず》ませた。

「そう、そう。小野さん、それもお考えになった方が良いですよ」

松太郎は感心したように恵を見た。

「……そうか。それは考えなかった。やっぱりママさんに話して良かったよ。さすがは元レディ・ムーンライトだ」

功は「何、それ？」と問いたげに松太郎と恵の顔を見た。おそらく功の年齢では、人気占い師時代の恵を知らないのだろう。

恵は揚げ物に取りかかろうとして、何気なく功の方を見た。

あら？

功の背後に、ほんのりと明るい光が、小さく灯《とも》っている。

恵はさっき功が、しおりの結婚が決まったときショックだったと語ったのを思い出した。

もしかして、功さんはシーちゃんを？

恵は期待と不安を込めて、功の背後の光を見直したのだった。

二皿目

からし菜の哀《かな》しみ

暦《こよみ》が三月に変わると、まだ肌寒いのに、街の風景は春がそこまで来たように装う。

三月最初のイベント・雛祭《ひなまつ》りに合わせて、街の菓子店やデパ地下には桜をモチーフにした和洋のスイーツが、競《きそ》うように並ぶ。春の彼岸《ひがん》はお花見シーズンの到来を告げ、そこに卒業シーズンも加わって、美容院から出てきた袴《はかま》姿の若い女性は、卒業式へと足を急がせる。

毎年見慣れた光景だが、恵は最近感慨《かんがい》深く眺《なが》めるようになった。いつもの風景が戻ってきてよかった……と。流行病《はやりやまい》の間は、成人式も卒業式も中止になったりして、恵の通っている美容院もキャンセルが相次いだという。

「まあ、仕方ないとは思いますけど、政府は飲食店には結構手厚く補償したのに、美容院には雀《すずめ》の涙でしたよ。わずかな給付金を申請《しんせい》するために、何枚書類を書かされたことか」

と、美容院の店長はぼやいていたものだ。六人の美容師を雇用《こよう》している店なので、スペースが広い分、テナント料も高くなる。たとえわずかな給付金でも、申請しないわけにはいかなかったのだろう。

無事に危機を乗り越えられたからいいが、もし閉店の憂《う》き目《め》に遭《あ》っていたら、恵《めぐみ》は新しい美容院を探す羽目《はめ》になるところだった。ある程度の年齢になると、行きつけの店を失うストレスは、若い頃よりずっと大きい。衣・食・住、すべてにこだわりが出てくるので、新しいお気に入りを見つけるのは結構大変なのだ。

そんなことを思いながら、豊洲《とよす》で仕入れた野菜類を買い物用のカートから取り出した。

豊洲に行くのは週に二、三回で、月曜はマストだが、それ以外の日は様子を見て加減している。今日は木曜日で、もう今週は豊洲には行かないつもりだ。足りないものは近所のスーパーで仕入れる。

ウド、からし菜、セリ、ふきのとう、三つ葉、ワケギ。春の香りいっぱいの野菜のオンパレードだ。今日の推《お》しはウドとからし菜。新しく仕入れたレシピを出す予定だった。

完全におでん屋の女将《おかみ》気質が身についたってことね。

買ってきた品を仕舞うべき場所に仕舞うと、恵は立ち上がった。これから自宅マンションに帰って雑用を片付け、昼ご飯を食べたら一時間ほど仮眠を取り、四時に再び店に入って仕込みを始める。もう十五年以上変わらない生活パターンだ。

恵はカートを引いて店から出て鍵《かぎ》を締め、もう一度シャッターを下ろした。

「こんばんは」

開店早々、その日の口開けのお客さんが入ってきた。

「いらっしゃい」

邦南《ほうなん》テレビのプロデューサー・江差清隆《えさしきよたか》だった。昨年までは夕方のニュース番組を担当していたので、めぐみ食堂に来店するのは閉店間際《まぎわ》が多かった。しかし今年から日曜夜の報道番組『フレームワーク日本』に異動になり、「平日は定時で帰れることも多いから」という理由で、六時の開店直後に来店することが増えた。

「来てくれて良かった。今日、新作のお勧めがあるの」

「へえ」

江差は壁のホワイトボードを見上げた。

「鯛《たい》とウドのカルパッチョ、からし菜とシラスのピザ？」

「当たり。さすがはご常連」

恵はおしぼりを差し出した。

「お飲み物は？」

「小生《しょうなま》」

江差はおしぼりで手を拭《ふ》きながら、カウンターの上の大皿料理に目を向けた。

今日の大皿料理は、豆腐《とうふ》とトマトのオイスターソース炒《いた》め、モヤシと豚《ぶた》ひき肉のナムル、茹《ゆ》でキャベツの甘酢和《あまずあ》え、スペイン風オムレツ、サツマイモのマーマレード煮。

中華料理にはトマトを加熱するレシピが沢山《たくさん》あり、豆腐炒めもその一つで、トマトの甘酸っぱさがコクのあるオイスターソースと意外に合う。モヤシと豚ひき肉のナムルは、茹でたモヤシとニラを豚ひき肉のソースで和えた料理で、酒も進むしご飯も進む優《すぐ》れもの。茹でキャベツの甘酢和えは文字通りの料理だが、野菜メインの料理は女性客に支持されている。スペイン風オムレツもサツマイモのマーマレード煮も、女性に人気の高いメニューだ。

「でも、本当によく考えてあるよね。バラエティ豊かで」

江差は大皿料理を盛りつけている恵に、賛嘆《さんたん》の眼差《まなざ》しを送った。

「毎日五種類考えるの、大変でしょう」

「もう慣れちゃった。それに今はインターネットで簡単にレシピ検索も出来るから」

「やっぱり才能と努力だよ」

「それ以上褒《ほ》めていただくと、おまけしなくちゃならないわ」

恵は大皿料理を盛りつけたお通しの皿を、江差の前に置いた。

「恵さんも何か呑《の》まない？」

「ありがとうございます。それじゃ、私も生ビールをいただきます」

小さめのグラスにサーバーからビールを注《つ》ぎ、江差と乾杯した。

「ああ、ひと仕事終えた後の一杯は美味《おい》しいわ」

恵はグラスを置いて微笑《ほほえ》んだ。おでんの仕込み、お勧め料理の下ごしらえ、大皿料理五品の調理を終えると、ひと仕事した気分になる。

「私、日曜の江差さんの番組、毎回観《み》てるんですよ」

「それはどうも」

「前は平日の夕方だったから、あんまり。ニュース番組を録画して観るのも億劫《おっくう》で」

「そりゃそうだよ。俺《おれ》だって録画して観るのは『孤独のグルメ』くらいだし」

恵はもうひと口生ビールを呑んで喉《のど》を潤《うるお》した。

「今は、どんなテーマを取材してるんですか？」

日曜夜の報道番組『フレームワーク日本』は、ニュース速報の他、毎回一つのテーマに絞《しぼ》った調査報道を中心に番組を構成している。結構見ごたえのある回もあって、今のところ恵は毎週視聴している。

「……今一番力を入れてるのは、《ベビーリーフ事件》かな」

「ベビーリーフ？」

「赤ちゃんの養子縁組を斡旋《あっせん》する一般社団法人……だった。だったというのは、四年前に解散したからなんだ」

「何か問題が？」

「色々ね。他の事業者に比べて斡旋料が高額とか、海外の養親へ斡旋する割合が異常に高かったとか……」

　養子縁組斡旋をする民間事業者は二〇一八年から都道府県知事の許可制となり、申請後に審査を受けてから許可されることになった。しかしベビーリーフは許可を受けないまま海外への養子縁組斡旋を続け、四年前に突然組織は解散されて施設も閉鎖《へいさ》された。

「おまけに代表が雲隠《くもがく》れして、行方《ゆくえ》不明になった」

「まあ」

「さらに悪いことに、養子に出された赤ちゃんの書類は一部、東京都の福祉局に引き継がれたんだが、海外に養子に出された赤ちゃん約二百名の書類がなくて、その子たちの消息は不明になっている」

江差はそれまで見せたことのないほど暗い顔になった。

「他にも噂《うわさ》があってね。今、それを追ってるんだが……」

そこまで言って、江差は顔をしかめて首を振った。

「やめとこう。酒が不味《まず》くなる。何とも闇《やみ》が深くてさ。もう、正直、途中でやめたいくらいだ」

江差が弱音《よわね》を吐《は》くのは珍しい。

「……大きな事件なんですね」

「いずれ、話すよ。全容が明らかになってから」

江差は苦笑《にがわら》いを浮かべ、壁のホワイトボードを見上げた。

「せっかくだからお勧めの、鯛とウドのカルパッチョと、からし菜とシラスのピザもらうよ。お酒、何が良い？」

「雑賀《さいか》の純米吟醸《じゅんまいぎんじょう》は如何《いかが》ですか？　軽い呑み心地ですけど、骨格はしっかりして、肴《さかな》を選ばない万能型の食中酒です」

「いいね。それ、一合。おでんになったら、また別のをもらう」

「はい、お待ち下さい」

　恵はデカンタに雑賀を注《そそ》いで出してから、調理に取りかかった。

　ウドの持つ強い香りと仄《ほの》かな苦《にが》みは、春の訪れを告げている。癖《くせ》のない鯛の刺身《さしみ》と合わせて、梅肉《ばいにく》入りのポン酢醬油《ずしょうゆ》とゴマ油を回しかけると、和風のカルパッチョになる。

　江差はカルパッチョを口に運び、しみじみと言った。

「ウドなんか、めぐみ食堂に来ないと食べる機会ないなあ。昔、ゴマ和えとぬたを食った記憶はあるんだけど」

　グラスを傾けて雑賀を口に含むと、堪《た》えかねたようにぎゅっと目をつぶった。

「いやあ、美味《うま》い。刺身と日本酒、鉄板だ」

「そうよねえ。今はお寿司《すし》に合うワインとか刺身に合うワインもあるみたいだけど、やっぱり生魚は日本酒よ」

　恵は軽く応じながらピザの調理を始めた。

　ピザといっても、ピザシートではなく春巻きの皮を使う。四つに切った春巻きの皮にオリーブオイルを塗り、ピザ用チーズ、からし菜、シラスをトッピングしたらオーブントースターで焼くだけ。春巻きの皮はクリスピーでサクサクした食感があり、おまけに薄いのでピザシートより早く火が通る。

「はい、どうぞ」

焼きたてを皿に並べて出すと、江差は手でつまんで口に運んだ。噛《か》むとパリパリと音がした。

「これもイケる。和風だけどピザになってる」

「からし菜の浅漬《あさづ》けもあるけど、どうなさる？」

「もらう、もらう。酒呑んでると、不思議と漬物《つけもの》って、欲しくなるよね」

「そうなの。注文するお客さま、多いのよ。料理の合いの手っていうか、箸休《はしやす》めになるのかしらね」

恵はからし菜の浅漬けを冷蔵庫から出し、まな板に載せた。

「そうだ。ひなちゃん、どうしてる？」

「順調よ。江差さんもお店に顔出してあげて」

恵はからし菜の浅漬けを出してから、レジ台横の抽斗《ひきだし》を開けて「蕎麦居酒屋《そばいざかや》ひな」の名刺を取り、江差の前に置いた。

「シメのお蕎麦はひなちゃんの手打ちよ。小さい店だから、予約して行ってあげてね」

「分かった。今度、行ってみるよ」

江差は名刺の裏と表を眺めてから、上着のポケットにしまった。

すると、入り口の引き戸が開いて、お客さんが入ってきた。

「いらっしゃいませ」

「二人」

沢口秀《さわぐちしゅう》だった。入り口で指を二本立ててカウンターを窺《うかが》い、先客の江差と目礼《もくれい》を交《か》わした。

「どうぞ、どうぞ。お好きなお席に」

秀が後ろを振り向き、促《うなが》すように手で店内を示すと、若い男性が入ってきた。三十になるやならずといった感じだ。

「彼、峰岸壮介《みねぎしそうすけ》君。うちの学校の社会人コースの学生」

秀は四谷《よつや》にある岡村《おかむら》学園の職員である。税理士・公認会計士の資格取得を目指す人たちが通う専門学校だ。

「ようこそいらっしゃいませ」

「どうも、初めまして」

壮介は秀の隣に腰を下ろした。

江差は素早《すばや》く壮介を盗み見ると、恵に目配《めくば》せした。興味津々《きょうみしんしん》の様子だ。ボランティアで「国際ロマンス詐欺《さぎ》」を暴《あば》く「特定班」の活動をしている秀はクールビューティーだが、恋愛に興味がないのか、これまで男性と店に来たことはない。それが同年代の男性と店に現れたのだから、江差だけでなく恵も好奇心を刺激された。

「私、小生下さい。峰岸君は?」

「僕も、同じで」

壮介は答えてから、初めて訪れるお客さんがそうするように、ぐるりと店内を見回した。背は高い方だが、ひょろりとして華奢《きゃしゃ》だ。顔もおとなしめにまとまっていて、全体に気の弱そうな、頼りない印象だった。

これは本命じゃないよね?

江差は黙って恵に視線を送ってきたが、そう言っているのが顔で分かった。恵も小さく頷《うなず》いた。

「今日、峰岸君にお世話になったんで、お礼にご馳走《ちそう》しようと思って連れてきたの」

江差と恵の無言の遣《や》り取りが聞こえたかのように、秀が言った。

「いえ、そんな、大したことじゃ」

壮介は顔の前で手を振った。

「試験の解答用紙を教員室に運ぶ途中、階段でバランス崩して、バラまいちゃったのよ」

スマートフォンを見ながら階段を上ってくる学生を避《よ》けようとして、足がもつれたのだという。

「しかも運が悪いことに、踊り場の窓が開いてて、二、三枚外に飛んでいってしまって……」

「それは大変でしたね」

「そうなのよ。学生さんのプライバシーの問題もあるし、あわてて外へ飛び出そうとしたら、その前に峰岸君が走り出して、すぐに拾ってくれたの」

一枚は隣接するビルとの境の塀《へい》の前にある大木の枝に引っかかっていたが、それも壮介がよじ登って回収してくれたという。

「本当に助かったわ。どうもありがとう」

秀が壮介に向かって頭を下げた。

「いえ、そんな。沢口さんこそ、お怪我《けが》がなくて何よりでした」

壮介も秀に頭を下げた。

「そんなわけだから、今日は遠慮なく、呑んで食べてね」

秀は生ビールで乾杯すると、カウンターの大皿料理を指さした。

「このお料理はお通し代わりで、二品で三百円、五品で五百円なのよ。私はいつも五品全部載せを注文するの」

「僕も五品で。どれも、すごく美味しそうですね」

壮介は目を輝かせた。痩《や》せているが、食べるのは好きらしい。

「恵さん、おでんにして。大根とコンニャク、牛スジ、葱鮪《ねぎま》、つみれ」

からし菜のピザの最後のひと切れをつまんで、江差が言った。

「はい。お酒はどうなさる?」

「そうだなあ。王道で喜久酔《きくよい》にしようかな。一合ね」

恵は壮介に微笑みかけながら言った。

「牛スジと葱鮪とつみれが、うちのおでんの一番の売れ筋なんですよ」

「ここの牛スジは絶品よ。コンビニのとは全然違うから」

秀が早速解説を入れた。

「それに、イタリアン巾着も美味しいわよ。油揚げにトマトとチーズを入れて煮てあるの。夏はトマトの冷やしおでんになるんだけど」

「沢口さん、詳《くわ》しいですね。常連感漂《ただよ》ってますよ」

秀は首を振った。

「私なんか、この店では新米《しんまい》よ。十年以上通ってるご常連さんもいるから」

壮介は壁のホワイトボードに目を留《と》めた。

「おでん以外に、お勧め料理もあるんだ。ウドとかからし菜とか、季節感がありますね」

江差が壮介と秀を見比べて言った。

「沢口さんの学校の学生さんは、若いけどお目が高いね。ウドやからし菜に季節を感じるなんて、優秀だよ」

秀は壮介に江差を紹介した。

「邦南テレビのプロデューサーの江差さん。前に一度取材されたことがあって、そのときこの店を紹介していただいたの」

壮介は驚いたらしく、二、三度瞬《まばた》きした。

「沢口さん、テレビに出たんですか？」

江差は目線で意向を尋ね、秀は笑顔で頷いた。

「沢口さん、実はボランティアで『特定班』の活動をしてるんですよ」

「特定班？」

「近頃話題になってるよね、国際ロマンス詐欺」

「ああ、聞いたことあります」

女性の恋愛感情を掻《か》き立てて、金銭をだまし取る詐欺は昔からあるが、SNSを利用して直接会うことなく金を巻き上げる手口は、インターネット時代ならではだろう。

詐欺集団の拠点はガーナとナイジェリアが多い。彼らはイケメンの外国人男性の写真を利用してなりすますのだが、秀はネット検索機能を駆使《くし》して、その犯人を暴いている。

「簡単に言うと、詐欺師の正体を特定して、インターネットにさらして被害の拡大を防いでるわけ。海外の協力者と連携《れんけい》もしてるんだって。俺も取材するまでは『まさか、会ったこともない相手に大金を貢《みつ》ぐなんて』って思ってたけど、結構被害者がいるんだよね」

壮介は改めて秀を見直した。

「沢口さん、カッコいいですね」

「やめてよ、それほどのもんじゃないから。それにスマホ検索を使えば、大して難しい作業じゃないし」

恵は壮介の方にわずかに身を乗り出した。

「秀さんは、特定班のネットワークを使って、痴漢《ちかん》の疑いをかけられた方を冤罪《えんざい》から救ったこともあるんですよ」

秀は照れて片手を振ったが、壮介はますます感心したという顔になった。

「やっぱ、すごいですよ。僕の周囲に悪と戦う人がいたなんて、びっくりです」

「大げさね」

秀は照れ笑いを浮かべて、壁のホワイトボードを見上げた。

「今日の一押《いちお》しはやっぱり、ウドとからし菜を使った料理かしら」

「そうですね。地味ですけど、からし菜の浅漬けもありますよ」

「あ、それもいただく。長いこと、からし菜って食べてないから」

江差は大根を箸で割りながら呟《つぶや》いた。

「野菜の世界も、在来種は外来種に負けてるよな。スーパーの野菜売り場にはハーブも並んでるし」

「食事が洋風になってますからね」

江差に相槌《あいづち》を打ってから、恵は秀と壮介に顔を向けた。

「次のお酒、如何《どう》しましょう？」

「何かお勧め、あります？」

「今日は最初の一杯には、雑賀の純米吟醸をお勧めしてるんですけど」

「峰岸君は、どうする？」

「僕は沢口さんと同じで」

「それじゃあ、雑賀を二合下さい」

壮介はホワイトボードを指さした。

「豆腐と塩鮭《しおざけ》の鉢蒸《はちむ》しって、どんなのですか？」

「つぶしたお豆腐と塩鮭を混ぜて、軽く味をつけて蒸す……といっても、うちはレンチンですけど。お豆腐に塩鮭の風味が染《し》みて、なかなか乙《おつ》な味ですよ」

「なんか、時代劇に出てきそうで、良いですね」

「じゃあ、それもお願いします」

秀がすかさず注文した。

「すみません」

壮介が軽く頭を下げると、秀は笑顔で答えた。

「遠慮しないで。今日は峰岸君に感謝する会なんだから。主役はあなたよ」

軽くポンと背中を叩《たた》くと、壮介は居心地《いごこち》悪そうに身じろぎした。

「それに二人で来ると、普段よりいろいろ食べられて嬉《うれ》しいわ。一人だとあれも食べたいって思っても、お腹《なか》いっぱいになっちゃって」

恵は、まず雑賀をデカンタに注いで出してから、からし菜の浅漬けを切り、話の接《つ》ぎ穂《ほ》に訊《き》いてみた。

「峰岸さんは何の勉強をなさってるんですか？」

「公認会計士です」

「あら。それは難関ですね」

「そうなんですよ」

壮介は少し気弱な笑《え》みを浮かべた。

「大丈夫よ。峰岸君、成績良いんだから。それにうちの学校は合格率高いし」

秀の勤める岡村学園は創立から七十年近く、グループ校総数百校、岡村学園設置校八十校、教職員総数百五十名という、業界最大手の規模であり、実績もあった。

「峰岸さんは、学生時代から公認会計士を目指していらしたんですか？」

付近には大小の会計事務所もあって、公認会計士のお客さんもいるが、恵は「司法試験、公認会計士試験、国家公務員採用総合職試験は日本で一番難しい」くらいしか知らなかった。ただ、司法試験を受ける人はほとんど法学部に進学するので、公認会計士も学生時代から志す職業なのかと思っただけなのだが。

「いえ、僕は医療品メーカーに就職して、マーケティング部門で働いています。公認会計士なんて、去年まで考えたこともありませんでした」

「へえ。知らなかった」

秀が片方の眉《まゆ》を吊《つ》り上げた。

「うちの父は会計事務所を経営してます。僕には五歳年上の兄がいて、事務所は兄が継ぐのが暗黙の了解でした。兄はそのつもりで勉強して、大学在学中に公認会計士の試験に合格しました。卒業と同時に父の事務所に就職して、万事順調だったんですが……」

去年の一月、兄の伸介《しんすけ》は突然脳梗塞《のうこうそく》の発作《ほっさ》に襲《おそ》われた。幸い命はとりとめて、身体《からだ》は左半身に軽いマヒが残る程度の後遺症《こういしょう》で済んだ。ところが脳機能に深刻なダメージを受けた。

「まず、短期記憶がダメになってしまって。簡単に言うと、昔のことは覚えているんですが、三十秒前のことも忘れてしまうんです。あと、言葉が対象と結びつかないことも多くて。それで、公認会計士の仕事を続けるのは難しいだろうと……」

父が事務所を創業し、顧客の信用を得て大きくした。今は税理士を五人雇用している。父は壮介に事務所を引き継いでほしいと頼んだ。

「私はすぐに引退するわけではないが、うちの税理士たちも心配だと思う。それに伸介の行く末を考えると、この事務所を手放すのは……」

伸介はまだ三十五歳だった。この先、長い人生が待っている。事務所があれば、リハビリを続けながらでも事務員などとして雇用することが可能だ。しかし事務所がなくなれば仕事を失い、リハビリだけの生活になってしまうかもしれない。それは伸介にとって辛《つら》い人生だろう。

「それで決心したんです。どうしても公認会計士の資格を取って、事務所を継ごうって」

「偉いわ」

秀は少し目を潤《うる》ませた。その瞳《ひとみ》には明らかに、それまでなかった尊敬の念が宿っていた。

「よく決心なさいましたね」

恵も家族を思う壮介の決断に胸を打たれた。

「ぶしつけなことを伺いますけど、お兄さん、結婚は？」

江差が遠慮がちに尋ねると、壮介は首を振った。

「正直、両親も僕も、不幸中の幸いだったと思っています。もし兄の奥さんが夫を見捨てて離婚するような人だったら、兄はすごく傷つくし、かといって献身的《けんしん》に兄を支えてくれる人だったら、やっぱり兄は辛いと思います。だって、奥さんの人生を大きく変えてしまうわけだから」

「お宅のご一家は、親子揃《そろ》って立派だね。感動したよ」

江差が真摯《しんし》な口調で言うと、壮介は恥ずかしそうに微笑んだ。

「これで試験落っこちたら、格好《かっこう》つかないですね」

恵は二人の前に鯛とウドのカルパッチョの皿を置いた。

「良いお話を聞かせていただいたから、これはお店からのプレゼントです」

「いいんですか？」

壮介がパッと目を輝かせた。

「もちろんです。どうぞ、召し上がって下さい」

「ありがとう。いただきます」

秀も嬉しそうに言って、カルパッチョに箸を伸ばした。二人は次に雑賀のグラスを傾け、満足そうに頷き合った。

「合いますねえ」

「どっちも止まらない、永久運動になりそう」

恵は一つ訊いてみた。

「あのう、峰岸さんの事務所には税理士さんもいらっしゃるんですよね。税理士の資格ではダメなんですか？」

恵は税理士と公認会計士の違いがよく分からない。

「ざっくり言うと、仕事の分担が違うんです。税理士は税金関係の仕事、公認会計士は監査の仕事を担当します。税理士は税理士法、公認会計士は公認会計士法で、従う法律も違うんですよ。扱う書類もお客さんも違います。税理士は税に関する業務で、公認会計士は監査に関する業務がメインになり、大きな会社や上場企業をお客さんに出来るんです」

「そうだったんですか」

壮介が、もう一度カルパッチョに箸を伸ばして言った。

「事務所に公認会計士がいなくなったら、今、監査の仕事をいただいてる大きな法人客を、みんな失うことになるんです」

「それは……死活問題ですね」

「そうなんです」

壮介は案外のんびりした声で答え、秀のグラスに雑賀を注いだ。

「あら、どうもありがとう」

秀も壮介のグラスに酌《しゃく》をした。

あら？

恵はハッとして目を凝《こ》らした。

壮介の背後に、ポッと小さな光が灯《とも》った。明るい、温かな色の光だ。

もしかして……？　恵は注意深く壮介を見直した。間違いない。その光は愛の色だ。

この心優しい、ちょっと頼りない青年は、クールビューティーの秀に惹《ひ》かれている。果たして秀は、その想いを受け止めるのだろうか？

恵はじっと目を凝らしたが、残念なことに、秀の背後にはどんな光も灯っていなかった。

三月十六日の土曜日、恵はいつもより気合が入っていた。何故《なぜ》なら、今夜はかつての常連客グループが、約五年ぶりに来店することになっていたからだ。

今日の大皿料理は、朝香椿《あさかつばき》からもらった「ソース日本」を絡《から》めたナスの素揚《すあ》げ、春キャベツとあさりの塩炒め、新玉ネギとスモークサーモンのサラダ、卵焼き、カボチャの煮物。新旧取り混ぜた五品にした。

そしてお勧め料理は、鯛（刺身またはフルーツカルパッチョ）、青柳《あおやぎ》とワケギのぬた、天ぷら（ワカサギ、ふきのとう）、ハマグリ（潮汁《うしおじる》、にゅう麺《めん》）。旬《しゅん》の食材で、日本の春を味わってほしい。

六時少し過ぎに入り口の引き戸が開き、五人のお客さんが入ってきた。駅で待ち合わせて一緒に来たのだろう。

「いらっしゃい！」

「お久しぶり！」

「お元気そうで……」

「お店、新しくなったのね！」

「カウンターの上の料理、前はなかったよね。美味そう」

「お腹空《す》いちゃった」

思い思いのひと言が口から飛び出す。

医師の宝井純一《たからいじゅんいち》と千波《ちなみ》のカップル、理学療法士の見延晋平《みのべしんぺい》と茅子《かやこ》のカップル、そして子供を夫に預《あず》けて一人参加した左近由利《さこんゆり》。かつての常連だった彼らが直接顔を合わせるのは、五年ぶりになる

「とにかく、お座り下さい。今日はお店から乾杯用に、スパークリングワインを一本、プレゼントさせていただきます」

恵はヴィッラ・サンディ・プロセッコの瓶《びん》を片手に言った。

「イタリアではシャンパンより売れているスパークリングワインです。辛口《からくち》でフルーティーで、とても美味しいそうですよ」

「恵さんも一緒に乾杯しようよ」

晋平が昔と変わらぬ人懐《ひとなつ》っこい笑顔で言った。

「ありがとうございます。いただきます」

恵はカウンターにグラスを六個並べ、スパークリングワインの栓《せん》を抜いた。

「乾杯！」

一同はグラスを合わせ、黄金《こがね》色の液体に口をつけた。フルーツの香りが鼻腔《びこう》を抜け、ワインが舌を洗って喉に流れると、恵は大きな溜息《ためいき》を吐《つ》いた。

「ああ、懐かしい。皆さん、今日はお集まりいただいて、本当にありがとうござい

ます」

千波から、夫の宝井純一が所属しているＪＣＯＳ（日本キリスト教海外医療協力会）から長期休暇を取得したので三月に帰国する、というメールをもらったのは二月の終わりだった。

「せっかくなので、出来れば茅子さんや由利さんと、めぐみ食堂で会いたいのですが」

そこで恵は急いで茅子と由利にメールを送った。二人はその後、直接千波とメールで相談し、都合の良い日を決めた。

「晋平さんも来てくれるなんて、サプライズだわ」

「俺だって一応、かつての常連だからね」

晋平はにやりと笑ってグラスを傾けた。大阪に転院した医師から総合病院のリハビリ部門で一緒に働かないかと誘われ、四年前に東京から引っ越した。新婚の妻、茅子と共に。

「ああ、同じ泡《あわ》でもやっぱり、スパークリングワインって、高級感あるよなあ」

晋平は泡系の飲み物が好きで、めぐみ食堂で注文するのも酎《ちゅう》ハイか生ビールだった。

「それじゃ、もう一本頼みましょうか」

茅子が晋平の方を向いてグラスを掲《かか》げた。

「あ～あ、これを知らずにケニアに行ったのは、ちょっと残念」

千波が取り分けられた大皿料理に箸を伸ばした。

「千波さん、今日は《スペシャル》、召し上がる？」

「もちろん！」

千波が勢い込んで答えると、隣で宝井が微笑んだ。

「恵さん、俺も《スペシャル》ね！」

負けずに晋平も片手を挙げた。

めぐみ食堂のおでん出汁《だし》は、昆布《こんぶ》と鰹節《かつおぶし》、そして鶏ガラで取る。出汁を取った後の鶏ガラに塩・胡椒《こしょう》して食べると、これがバカに出来ない美味しさで、賄《まかな》いから売り物に昇格させた。一日二個しかないので《スペシャル》の名が付き、千波と晋平は毎回注文するほどのファンだった。

恵は、新しいヴィッラ・サンディ・プロセッコの瓶を取り出した。六人で呑むと一回の乾杯でひと瓶空《あ》いてしまう。一本二千円しないリーズナブルな酒なので、これも無料で提供するつもりだった。

「恵さん、そんなにサービスしてくれなくていいわよ。私たち、前みたいに頻繁《ひんぱん》に来店できないんだから」

由利が言うと、他の四人も頷いた。

「ほんの気持ち。私も皆さんに会えて、すごく嬉しいんです」

千波が夫の宝井の顔を見て、嬉しそうに言った。

「めぐみ食堂に来て良かったね。日本の良さが詰まってる」

「まったくだ」

二人ともケニア暮らしで日焼けしていた。

「お二人はいつまで日本にいられるんですか？」

「休暇は三ヶ月なの。六月の下旬にはケニアに戻るわ」

「まあ、暑い季節に生憎《あいにく》ですね」

「意外とそうでもないのよ。特にナイロビは標高が高いから、赤道近くといっても割と過ごしやすいの。それに三月から五月は雨季に入るので、その間日本で過ごせるのはラッキー」

千波はさばさばした口調で言った。すっかり現地での生活に溶け込んでいる様子だ。ノーメイクでショートカットの千波は、生き生きとした魅力に輝いていた。日本にいる頃は、入念なメイクと巻き髪、ネイルを欠かさなかったのだが、今思えば、あの頃はお人形さんのようだった。

「お子さん、もうすぐ小学生？」

茅子が由利に尋ねた。

「来年の四月に入学なんです」

「インド系のインターナショナルスクールに入れるの？」

由利の夫・ラマンは、インド人のシステムエンジニアだった。

「ええ。理系のレベルが高くて、実践的なＩＴ教育もあるし、英語も身につくから。それに欧米系のスクールに比べると、学費も安いの。だから両親が日本人という子供も、入学してるんですよ」

東京では、江東区《こうとう》と江戸川区《えどがわ》にインド系インターナショナルスクールがある。インド人ＩＴ技術者の増加に伴って生徒数も増えたが、最近は日本人児童の入学が増えているという。

「ただ、一つ問題があって……」

インド系のインターナショナルスクールを卒業すると、インドでは高等教育を受ける資格があるとみなされる。しかし日本の文部科学省では、インターナショナルスクールの中には学習指導要領に沿ったカリキュラムを実施していないなどの理由で、学校教育法上の「学校」とは認めていないところもある。小中学校に当たるスクールに通わせても、同法が保護者に求める「就学義務」を果たしたことにはならない。

「近所の小中学校に『籍』だけ置いて、卒業資格を得ようとするケースも多いんですって。こういう『掛け持ち』を認めるかどうかは、自治体によって対応は分かれてて……」

江戸川区教育委員会の担当者は、「本来は公立学校などに通ってほしいが、強制は出来ず、子供に不利益があってもいけない」と語っている。しかし、基本的には、日本国籍のみを有する場合は、「国が認めた教育を受けてもらう必要がある」として認めていない。

「まあ、とりあえずセーフで良かったじゃない。きっとそちらの方がお子さんには合ってるわよ」

茅子が言うと、由利はホッとしたような顔になった。

「茅子さんにそう言ってもらえると、安心する。ホントは少し迷ってたんだけど」

由利がラマンとの結婚に踏み切ったのは、茅子の親身なアドバイスに背中を押されたのが大きい。

「心配することないわよ。由利さんとラマンさんのお子さんなら、頭脳明晰《ずのうめいせき》で容姿《ようし》端麗《たんれい》に決まってるもの。学校なんてどこを選んだって、上手《うま》くいくに決まってるわ」

由利は胸の前で手を組み合わせ、大げさに天を仰《あお》いだ。

「あ〜、月に一回でもいいから、茅子さんに会って愚痴《ぐち》聞いてもらいたいわ〜。晋平さんが羨《うらや》ましい」

茅子が噴《ふ》き出した。隣で晋平も笑顔になった。

その夜は九時を過ぎ、かつての常連客グループが帰ると、店は急にがらんと寂しくなった。たまたま入ってきた振りのお客さん二人も、勘定《かんじょう》を済ませて席を立った。

こういう日もあるわ……。

かと思えば一日に席が三回転する日もある。一喜《いっき》一憂《いちゆう》しても仕方がない。まして今日は懐かしい面々に会えたのだから、それで十分としよう。

恵は自分に言い聞かせて、カウンターを片付けた。一瞬、これで早仕舞《はやじま》いしようかとも思ったが、さすがに九時で閉店するのは早すぎる。

　すると、入り口の引き戸が開いた。

「こんばんは」

「あら、秀さん。いらっしゃい」

　秀はカウンターの右寄りの席に腰を下ろした。

「残業でね。帰ってご飯食べるの面倒だから、来ちゃった」

「ありがとうございます。今日は、割と気合の入ったメニューなんですよ」

　秀は壁のホワイトボードを見上げた。

「ホントだ。私、シメにハマグリのにゅう麺、いただくわ」

　続いて飲み物のメニューを手に取った。

「何にしようかな」

「今日はヴィッラ・サンディ・プロセッコっていう、イタリアのスパークリングワインがあるんです。イタリアじゃ、シャンパンより売れてるんですって。一杯いかがですか」

「美味しそう。いただきます」

　恵は新しいスパークリングワインの栓を抜いた。秀が入ってきた瞬間、何となく続いてお客さんが入ってくるような気がしたのだ。

「やっぱりスパークリングワインって、ぜいたくよね」

秀はグラスを傾けて目を細めた。

恵が大皿料理を皿に盛りつけていると、再び引き戸が開いて、お客さんが入ってきた。

「こんばんは。いらっしゃいませ」

東陽《とうよう》テレビのプロデューサー・唐津旭《からつあさひ》と、ディレクター・笠原蓮《かさはられん》だった。

「しばらくだね」

蓮は同期の碇南朋《いかりなお》とたまに来店するが、唐津は久しぶりだった。もっとも夕方の帯番組『ニュース2・0』の担当だから、平日は来られない。

「今日は美味しいスパークリングワインが入ったので、乾杯用にお勧めしてるんですよ」

おしぼりを手渡しながら言うと、唐津はすぐに「じゃ、それ、グラス二つで」と応じた。

「ママさんも一緒にどう?」

「ありがとうございます。いただきます」

恵は冷蔵庫からヴィッラ・サンディ・プロセッコの瓶を取り出した。三つのグラスに注いで、いざ乾杯となっても、心なしか蓮は元気がなかった。よく見れば背後の空気がどんよりと淀《よど》んでいる。

蓮と南朋は恵の勧めで、藤原海斗《ふじわらかいと》の経営するAI（人工知能）を活用した結婚相談所「パートナーシップ」に入会した。もしかして婚活が暗礁《あんしょう》に乗り上げていて、それで悩んでいるのかも……。

「笠原さん、少し疲れてらっしゃるみたい。何か心配事でも？」

大皿料理を取り分けながら訊くと、蓮がハッと顔を上げ、唐津はキラリと目を光らせた。

「さすがは元レディ・ムーンライト。ちゃんと分かるんだ」

唐津は促すように蓮を見た。

「ママさんに相談した方がいいんじゃないか。何か手がかりを見つけてくれるかもしれない」

蓮は弱々しく頷いて、恵を見上げた。

「実は私、ストーカー行為に遭ってるんです」

「まあ！」

恵は思わず声を上げた。秀もチラリと蓮を盗み見た。

「待ち伏せされたりしたんですか？」

蓮は首を振った。

「もっぱらＳＮＳ攻撃なの。盗み撮りした動画を上げたり、あることないこと書き込んだり……。直接送りつけてくるメールも、どう考えても尾行《びこう》してただろうって内容なんです」

思い出すとおぞましいのか、蓮はブルッと肩を震《ふる》わせた。

「いったい誰が、そんなことを？」

蓮は困り切った顔で首を振った。

「それが、分からないんです」

「だから始末が悪くてね」

唐津は気の毒そうに眉をひそめた。

「一応警察には相談したんだけど、相手が分からないと対処のしようがないって言うんだ。それに今のところＳＮＳで嫌がらせをされてるだけで、直接被害を受けていないから、手の打ちようがないらしい。名誉棄損《めいよきそん》で訴《うった》えようにも、相手が誰か分からないのでは難しい」

「私、仕事柄《がら》あちこち出歩くでしょう。そんなときふっと、そいつがどこかで見張ってるかもしれないと思うと、気になって集中できなかったりするの。もう、完全に営業妨害ですよ」

「それは……さぞお困りでしょうね」

蓮は情けなさそうな顔で頷いた。

すると、唐津が恵の方に身を乗り出した。

「ママさん、何か相手の手がかりになるようなものが見えない？」

「そんな、無理ですよ」

「何でもいいんだ。どっちの方角に住んでるとか、何歳くらいとか、どういう関係の仕事をしてるとか。何か手がかりがあれば、笠原もストーカーの正体に思い当たるかもしれない」

「私には、とてもそんな……」

謙遜《けんそん》しているわけではなかった。SNS絡みの犯罪について、恵に出来ることはほとんどない。高度に発達した情報機器のお陰《かげ》で、犯罪の手口も刷新《さっしん》された。国際ロマンス詐欺のように、遠い外国にいながら人をだまして金を巻き上げるグローバルな犯罪も生まれた。

「もう、どうしていいか分からない」

蓮は途方に暮れたように両手で顔を覆《おお》った。

「あのう、失礼ですが」

唐突に秀が声を放った。蓮も唐津も驚いて秀の方を向いた。

「あなたのスマホのSNSを見せてもらえませんか?」

蓮と唐津は困惑して秀を見返したが、恵はすぐに気がついた。

「それがいいわ! 笠原さん、沢口さんに任せて下さい。彼女ならきっとストーカーを特定できます」

怪訝《けげん》そうな顔をする二人に、恵は早口で説明した。

「彼女は沢口秀さん。専門学校で働きながら、ボランティアで特定班の活動をしています。国際ロマンス詐欺の被害を防止したり、冤罪の人を助けたり。邦南テレビの『ニュース・ダイナー』の特集に出演したこともあるんですよ」

『ニュース・ダイナー』は『ニュース2・0』のライバル番組だ。聞いただけでピンと来たのだろう、唐津は乗り気になった。

「笠原、この方にお願いしてみよう」

蓮が躊躇《ちゆうちよ》していると、再度説得にかかった。

「今、お前は川で溺《おぼ》れている状態だ。だから、誰かに助けを求めた方がいい」

唐津の言葉が響《ひび》いたらしく、蓮は素直にスマートフォンのＳＮＳ画面を開いて差し出した。

「すみません。よろしくお願いします」

「失礼します」

秀は蓮のスマートフォンを受け取ると、必要な情報を自分のスマートフォンに移し、特定作業を始めた。

蓮と唐津はじっと秀を見守っている。恵もカウンター越しに秀の手元を見つめた。目まぐるしく画面が切り替わり、何がどうなっているのか見当もつかない。

しかし十分ほどすると、秀は顔を上げた。

「この人物に心当たりはありますか？」

スマートフォンの画面を蓮に見えるように差し出した。画面を見た瞬間、蓮は驚愕《きょうがく》のあまり目を見開き、口を半開きにした。

「こ、この人……」

声が裏返った。グラスに残ったスパークリングワインを呑み干すと、やっとまともな声に戻った。

「東征《とうせい》大学の教授です、国際政治学の。結婚相談所で紹介されて、先月、お見合いまで行きました。でも、プライドばかり高くて感じ悪くてつまんないんで、断りました」

蓮は訴えるように三人の顔を見回した。

「でも、断っても何も言われなかったんですよ。相談員さんからも、クレームは聞いてません。それなのに、どうしてこんな……」

「プライドばかり高くて感じ悪くてつまんない男だからです」

秀がズバリと言い放った。恵もまったく同意見だった。唐津は苦笑している。

「スマホ、見せていただける？」

秀はスマートフォンを手渡してくれた。恵は画面に映った男の写真をじっと見た。年齢は四十くらい。顔立ちは整っている方だ。しかし、意固地《いこじ》で我の強い、思いやりのない性格が人相に現れている。そして、一線を越えた人の邪気《じゃき》が漂っていた。

恵はスマートフォンを秀に返した。

「私もストーカーはこの人だと思います。邪気が見えました。写真だとぼんやりしているけど、実物を見ればはっきり分かります」

蓮はまだ興奮の冷めやらない表情で言った。

「でも、この人、すごい優秀だって、相談員さんが言ってたんですよ。三十九歳で東征大学の教授になったの、初めてだって。本も何冊も出してるし、国際会議にもいっぱい呼ばれてるって」

「でも、イヤな奴《やつ》なんでしょ」

秀がズバリと言うと、蓮はやっと腑《ふ》に落ちたような顔で頷いた。

「確かに」

「こういう奴って、プライドを傷つけられると理性を失うんですよ。名誉も地位もあるから、断られるなんて夢にも思っていなかったんでしょ。それがあっさり断られたんで、逆上してストーカー行為に及んだんじゃないですか」

「多分、そうだろうね」

唐津は頷いて、改めて蓮を見た。

「で、これからどうする？　告訴《こくそ》する前に、会社の弁護士を通して話をつけるのもありだ」

「そうですねえ……」

蓮は迷っていて、答えが出せない様子だった。

「弁護士さんに入ってもらった方がいいですよ」

秀がキッパリと言った。

「こいつは自分の正体がばれないと思ったから、ストーカー行為に及んだんです。ばれたと分かったら、今の社会的地位を失うのを恐れて、縮《ちぢ》み上がるでしょう。もうストーカーどころじゃないですよ」

「俺もそう思う。直接遣り取りしない方が、逆恨みされる危険が少ない」

恵もひと言、言い添えた。

「それと結婚相談所の方には、この件はきちんと連絡して下さいね。こういう人は一刻も早く退会させないと、別の女性が被害に遭う危険があります」

「はい。それはきちんとします」

蓮が表情を引き締めた。

「でも、藤原さん、がっかりするでしょうね。『パートナーシップ』にストーカーするような人が入会していたなんて」

「それは仕方がありませんよ。機械で人間の心まで測れるわけじゃありませんからね」

恵の言葉に、三人は深々と頷いた。

「さて、問題も解決したことだし、呑み直すか」

　唐津が自分のグラスのスパークリングワインを呑み干した。

「ママさん、これと同じもの、一本開けて下さい」

　そして秀の方に向き直った。

「今夜はあなたのお陰で本当に助かりました。せめてものお礼の気持ちです。今夜は我々にご馳走させて下さい」

　秀は軽く肩をすくめた。

「ありがとうございます。お気持ちだけいただきます」

「遠慮することありませんよ」

「遠慮してるんじゃありません」

　秀は無造作に首を振った。

「知らない方にはご馳走にならない、というのはポリシーなんです。だって他人《ひと》の金で呑んだって、美味しくないでしょ」

　唐津は一瞬、虚《きょ》を突《つ》かれたような顔をしたが、すぐに笑みに変えた。

「確かに、その通りです。失礼しました」

　蓮は少し白けた顔をしたが、唐津はそれまでと変わらぬ態度で、恵にもスパークリングワインを勧めた。

「恵さん、青柳のぬたとふきのとうの天ぷらを下さい。それと、日本酒を何か……」

秀も何事もなかったように注文した。

恵は新しいヴィッラ・サンディ・プロセッコの栓を抜き、唐津のグラスに注ぎ足した。そしてそのとき不意に、唐津の背後に小さな明るい光が灯っているのに気がついた。

え？　さっきまでなかったのに。

恵は改めて目を凝らした。確かに光が灯っている。温かな色の、恋の光が。

う、嘘《うそ》⁉　まさか……。

唐津はバツイチだが、容姿端麗で在京キー局の敏腕《びんわん》プロデューサーだから、離婚歴は勲章《くんしょう》のようなものだ。結構モテモテだが、もう結婚する気はないらしい……という話を、蓮と南朋から聞いていた。

恋の対象は、どう考えても秀だった。秀と話している間に光が灯ったのだから。

恵は壮介に灯った恋の光を思い出した。気の毒だが、多分あの青年に勝ち目はないだろう。

恵は秀の背後を窺った。光はまったく見えない。

つまり、唐津は秀に片思いということか。それともこの先、秀にも恋の予兆《よちょう》が現れるのだろうか？

そんなことを考えながら調理をしていると、入り口の引き戸が開いた。時間は十時近いから、今夜最後のお客さんだろう。

「いらっしゃい……」

途中で語尾を呑み込んだ。入ってきたのは吉武功《よしたけいさお》だった。どこかで呑んできたらしく、少し顔が赤かった。

「お飲み物は？」

おしぼりを手渡すと、功はごしごしと顔を拭《ぬぐ》った。

「レモンハイ。薄めで」

そして片手で拝《おが》む真似《まね》をした。

「三軒目なんだ。あんまり呑めない」

「気にしないで。お腹もいっぱいでしょ。からし菜の浅漬けでも食べる？」

「うん。それと、おでんの大根」

そう言いながら壁のホワイトボードを見上げた。

「ハマグリのにゅう麺？　これ、最後に作ってもらえる？」

「はい、畏《かしこ》まりました。麺の量はどうします？　普通か、少なめか」

「う〜ん。少なめ」

レモンハイのジョッキを渡すと、功はコーヒーでも啜《すす》るようにちびちびと呑んだ。その背後に灯った光は、かなり大きくなっている。しおりに対する想いが深くなっている証拠だ。

「明日はお休みよね」

「うん。だから安心してはしごした」

功は急に顔を引き締め、真剣な表情になった。

「恵さん、俺、シーちゃんが好きなんだ」

秀も唐津も蓮も、努《つと》めて聞こえないふりをしている。

「前は真剣に考えたことがなかった。確かに豊洲のマドンナだったけど……井本《いもと》の若旦那《わかだんな》と結婚するって聞いて、もう雲の上の存在みたいでさ」

功はカウンターに両手をついて、頭を下げた。

「ママさん、俺はシーちゃんと一緒になりたいんだ。何とか俺に、力を貸してくれ」

秀も唐津も蓮も、功の方を見ないように懸命に好奇心を抑《おさ》えつけていた。しかし、耳はダンボのように大きくなっているようだ。

「ちょっと、突然そんなこと言われたって、無理よ」

功は顔を上げた。

「お松《まつ》のおじさんから聞いたよ。この店、婚活パワースポットなんだろ。この店に通うと、良縁に恵まれるんだろ。だったら俺に力貸してよ。俺、毎晩来るからさ」

恵は両手を前に突き出し、ワイパーのように左右に振った。

「それ、誤解。そんなことないから」

「お客さん同士で結婚したカップルが何組も出たって、前にテレビでやってたって、おじさん言ってたよ」

「それはたまたま……」

「タマでもキズでもいいんだ。俺を助けてくれ」

功は恵を仰ぎ見ると、盛大に柏手《かしわで》を打ち、両手を合わせて拝んだ。

「もう、ちょっと、困るわ」

恵は秀と唐津、蓮の顔を見回した。三人とも必死に笑いをこらえている。

「まあ、とにかく話は聞くから、拝むのはやめて。私まだ死んだわけじゃないのよ」

恵は冗談に紛《まぎ》らせながら、どうしていきなり恋がいくつも芽生えてしまったのか、人の心の不思議さに感慨を覚えるのだった。

三皿目

萌《も》えろ、キャンプの火

「あれから色々考えたんだけど……」

恵《めぐみ》は吉武功《よしたけいさお》のグラスにビールを注《つ》いで言った。

「まずはシーちゃんの気持ちを確かめるのが先じゃないかしら」

「恵さんも一杯、どう」

「ありがとう」

恵はもう一つグラスを取り、手酌《てじゃく》で注いだ。

今日は月曜日、時間は六時一分。開店早々功が来店するつもりだということは、今朝《けさ》、豊洲《とよす》に買い出しに行ったときに耳打ちされていた。

「今のシーちゃんは、離婚調停とこれからの生活のことで頭がいっぱいで、再婚なんか考える余地はないと思う。だから好きも嫌いも、俺《おれ》のことなんか眼中《がんちゅう》にないよ」

「そうね、確かに」

世の中には別れる前から次の相手を確保しておく剛《ごう》の者もいるが、たいていは離婚で傷ついた心が癒《い》えるまで、次の結婚のことなど考えられない。

「だから俺は、今すぐどうのこうのって考えちゃいない。シーちゃんが離婚の痛手《いたで》から立ち直って、次の結婚を考える心境になったとき、候補者の一人でいたいんだ。出来れば、最有力候補になっていたい」

恵はすっかり感心してしまった。功がそこまで繊細《せんさい》な心遣《こころづか》いが出来ることに、素直に驚いていた。

「功さん、優しいのね」

「別に優しかないよ。ただ、誰でも人を好きになったら、一番その人のためになるようにって考えるじゃん。それだけ」

「それがねえ、難しいのよ」

恵はお通し代わりの大皿料理を盛りつけ始めた。

今日のラインナップは、アシタバの和風ミモザサラダ、新ゴボウのゴマ和《あ》え、春キャベツのコチュ味噌《みそ》和え、グリンピースと小エビの中華炒《いた》め、卵焼き。野菜はすべて吉武で仕入れた。

「これ、すごいしゃれてるね。自分で勧めといてビックリ。俺、アシタバってお浸《ひた》しと天ぷらしか食ったことない」

功は和風ミモザサラダを口にして舌鼓《したつづみ》を打った。

「私もレシピを見て、珍しいから作ってみたの」

茹《ゆ》でたアシタバを麺《めん》つゆとマヨネーズを混ぜたソースで和え、みじん切りにした茹で卵を散らしたサラダは、緑と黄色と白の対比で見た目にも美しい。加熱して油を加えると、癖《くせ》のあるアシタバがマイルドになり食べやすくなるのだ。

次に春キャベツのコチュ味噌和えをつまみ、感心したように頷《うなず》いた。

「これは韓国風か。辛味《からみ》にコクがあって良いね」

ちぎった春キャベツをコチュジャンと味噌を使ったソースで和えただけの超簡単料理だが、コクのある辛さが春キャベツの甘味と調和して、箸《はし》が進む逸品《いっぴん》だ。

「それにしてもよく色々考えるよね。それも毎日だもんな。すごいよ」

「ありがとう。今はレシピ本も沢山《たくさん》あるから助かってるわ。気をつけてるのは野菜を使った料理を何品か入れること。女性って、野菜料理が好きなのよ」

「ここ、女の人もよく来るの？」

「おでん屋としては多い方かもしれない。半分くらいは女性」

「清潔感があって入りやすいムードだからかな」

功は改めて店内を見回した。カウンター十席だけの、極めてシンプルな店だ。余計な飾りがないのが、かえって落ち着くのかもしれない。

「いつかシーちゃんと二人で、この店で呑《の》みたいな」

そのひと言に素直な願望が込められていて、恵は胸を打たれた。

「今日は来てくれてありがとう。功さんがどういう気持ちでシーちゃんを思ってるか、よく分かったわ」

決して一時《いっとき》の気の迷いではなく、傷ついた女心につけ込んで……という卑《いや》しい気持ちでもない。全身でしおりのすべてを受け止めて、伴侶《はんりょ》として共に生きていきたいと望んでいる。

「だから私も正直にアドバイスさせてもらうわ。将《しょう》を射《い》んとせば、先《ま》ず馬を射よ」

功は言葉の意味を探《さぐ》りかねて、何度か目を瞬《しばたた》いた。

「え〜と、つまり、おの松《まつ》のおじさんに気に入られろってこと？」

恵は首を振った。

「小野《おの》さんはもう功さんを信頼してると思うわ。わざわざうちに誘って、シーちゃんの離婚の経緯《いきさつ》を打ち明けたくらいだから」

それから腰に両手を当てて、力のこもった声を出した。

「狙《ねら》うのは、シーちゃんの息子さんよ」

「勇生《ゆうき》君？」

「その通り」

恵は右手の人差し指を立て、メトロノームのように左右に振った。

「子供を連れて離婚した女性にとって、一番気がかりなのは我が子の行く末よ。子供を可愛《かわい》がってくれて、なおかつ子供にも慕《した》われている人物には好意を感じるし、信頼感も湧《わ》くわ。そこからスタートして交際を深めていけば、功さんを伴侶の最有力候補と考えるようになる可能性、大よ」

功はすがるような目をして頷いた。

「これは決して思いつきで言ってるんじゃないのよ。確かな実例に基づいているの――」

「実例？」

恵は重々しく頷いた。

「子連れの女性をターゲットにした結婚詐欺師《さぎし》は……」

功はあわてて手を振った。

「ちょ、ちょっと待ってよ。俺は詐欺師じゃないからね」

「分かってます。まあ聞きなさいって」

シングルマザーを狙う結婚詐欺師は、まず子供を手なずけるという。子供を可愛がり、母親にはあまり関心がない風に装うことさえある。

「奥さん、僕はこの子が可愛くて、他人とは思えないんです。この子を養子にもらえないでしょうか？」
その言葉で母親はすっかり男を信用してしまい、やがて男女の仲となり、金をだまし取られる羽目《はめ》になる……。
「それ、気持ち悪くない？　その男、絶対ロリコンだよ」
「ごめん。確かにちょっと古かったわ。離婚した女性が白眼視《はくがんし》されていた時代の話
だから」
恵が人気占い師だった頃、ベテランの芸能記者から聞いた話なので、もしかした
ら昭和三十年代のエピソードかもしれない。
「でもシングルマザーが、子供を含めて自分を受け入れてくれる人に好意と信頼を
寄せる心理は、今もそれほど変わっていないと思うわ。だから功さん、やっぱり勇
生君と仲良しになって、その親密ぶりをシーちゃんにアピールするのは、かなり的
を射た作戦よ」
そして念のために訊《き》いてみた。
「功さんは、勇生君とはどうなの？　苦手《にがて》なタイプ？」
「苦手も何も、相手は子供だよ」
「甘い」

恵は腕組みをして功を見据《みす》えた。

「大人も子供も関係ないわ。人間同士、相性って大切なのよ。しかも相手は、もしかしたらこれから親子になろうって子でしょ。可愛くないと思ってると、その気持ちはどうしても表に現れるわ」

「いや、可愛いと思うよ」

功はきっぱりと言った。

「二、三回しか会ったことないけど、素直な良い子だった。うちの妹の子と同い年なんだけど、女の子はもっと大人びててさ。男の子はボーッとしてて、そこが可愛いよ」

「とりあえず、第一関門はクリア」

恵はもうひと口ビールを呑んだ。

「功さん、趣味は何？」

「趣味ねえ……」

「何かあるでしょ。スポーツ、釣《つ》り、ツーリング、セーリング、楽器演奏、映画鑑賞、料理」

漠然《ばくぜん》としていたイメージが形を成したのか、功は勢いよく頷いた。

「ああ、それなら野球とボクシング。専《もっぱ》ら観《み》る方ね。あと、キャンプ。俺はグループじゃなくてソロ専門だけど」

「ソロ？」

「一人ってこと」

「一人でキャンプするの？」

恵は素《す》っ頓狂《とんきょう》な声を出してしまった。キャンプというのはグループで山に行ってテントに泊まることだと思い込んでいたのだ。

「知らなかった？　ソロキャンプ、今、流行《はや》ってんだよ」

恵にはまるで理解できなかった。

「一人でキャンプして、何が楽しいの？」

「楽しいよ〜」

功は楽しそうに話し出した。

「大自然に囲まれて、最高だよ。昼は本読んだり音楽聴いたりして、夜はダッチオーブンで料理作って、焚火《たきび》見ながら飯《めし》食って酒呑んで……。ふと空を見上げれば、宝石をちりばめた黒い絨毯《じゅうたん》が一面に広がってる。生き返るね」

恵は混乱する頭を整理して、功の趣味の中から使えそうな要素を取り出した。まず、野球観戦は上等だ。大谷翔平《おおたにしょうへい》ブームで盛り上がっているし、男の子は喜ぶ子が多いだろう。そしてソロキャンプに行くということは、アウトドア用の車やグッズを揃《そろ》えているはずだ。

「功さん、いいこと思いついた」

恵は功の方に身を乗り出した。

「まず、勇生君を野球観戦に連れて行って。出来れば二回くらい。その後で、アウトドアに誘うの」

「キャンプ?」

「それはまだ早すぎ。日帰りで、自然の中で一緒に料理して、ご飯を食べる……」

そこまで話すと、新たにいいアイデアが浮かんだ。

「そこまでいったら、シーちゃんも誘っていいかも。最初から三人だけっていうのはちょっとアレだから、グループでバーベキューに行くのはどう。私と、知り合いの子供三人もプラスして」

「……急に言われても、話が見えないんだけど」

「ごめん。最初から説明するわ」

恵の恩人・真行寺巧《しんぎょうじたくみ》は、ある事件をきっかけに、江川大輝《えがわだいき》という身寄りのない少年の後見《こうけん》をすることになった。しかし子供の世話までは出来ないので、児童養護施設愛正園《あいせいえん》に大輝を預《あず》けた。後見人たる真行寺は、月に一度大輝に面会しなくてはならないのだが、子供が苦手でどうにもならず、恵に代役を頼んだ。

もちろん、恵は快くその役目を引き受けた。そして大輝だけでなく、愛正園で仲良くしている子供たちも一緒に行楽に連れて行くようになった。

真行寺は経費の他に、感謝を込めて高級黒毛和牛の牛タンを贈ってくれる。恵はその牛タンをおでんにして店でふるまう。お客さんは大喜びで、牛タンおでんの日は予約で席が埋まるほどだ。

「ただ、最近は子供たちも大きくなったので、男の子と女の子では趣味が違ったりして、三人一緒に遊びに行く機会はあまりないの。でも、日帰りキャンプは体験したことないから、三人とも喜んで参加すると思うわ」

恵は大事なことを尋ねた。

「功さん、ダッチオーブンを使った料理は、上手？」

「まあまあじゃないかな。そもそもダッチオーブンは、放っとけば火が通るし、失敗しないいんだよね」

「決まり！」

恵は声を弾《はず》ませた。

「功さんはキャンプ場で、子供たちにキャンプ料理をふるまうの。その姿を見れば、シーちゃんはきっと功さんを頼もしく思うわよ。そこから、徐々に関係を築いていくのよ」

その日の客足は好調だったが、引くのが早かった。九時を回るとお客さんは皆帰ってしまった。功は「ダッチオーブン作戦」の骨子《こっし》がまとまると、お通しとビール一本だけで、さっさと引き上げた。もっとも朝が早い仕事なので、長居できないのは仕方ないのだが。

ま、こんな日もあるわ。今日は早仕舞《はやじま》いにしよう。

恵がお客さんが帰った後のカウンターを片付けていると、入り口の引き戸が開いた。

「いらっしゃいませ」

意外な顔ぶれが入ってきた。

「まあ、ようこそ」

「ご無沙汰《ぶさた》してます」

芸人の八並鉄平《やなみてっぺい》と弟子《でし》の萬万《よろずまん》、そして万より少し年上らしい青年の三人だった。

「どうぞ、お好きなお席へ」

恵はおしぼりを出しながら、新顔の青年の顔を見た。万は二十歳未満なのでウーロン茶だが、この青年は？

「こいつは万の相方《あいかた》の千田二郎《せんだじろう》です。二十一なんで、アルコールOKです」

鉄平がすぐに応《こた》えた。

「それはどうも。ええと、お飲み物は？」

「俺は中生。お前は？」

「同じでお願いします」

二郎は鉄平に会釈《えしゃく》して答えた。弟子二人は鉄平の奢《おご》りなのだろう。

「万さんは、漫才《まんざい》に転向なさったんですか？」

恵は飲み物を用意しながら尋ねた。確か以前店に来たときはコンビを組んではいなかったはずだ。

「はい。年明けから。ある舞台で偶然一緒になって、待ち時間に話してたら、急に、こいつと組んだら面白いんじゃないかって」

万が答えた。その口調は以前より明らかに活力がある。

「年上にこいつって言うなよ」

二郎が言うと、万は軽口《かるくち》を返した。その短い遣《や》り取りを聞いただけで、恵はコンビの話芸の一端《いったん》を垣間見《かいまみ》る気がした。軽快で、独特の間がある……。

「乾杯！」

鉄平の音頭《おんど》で三人はグラスを合わせた。

「こちらがお通し代わりになります」

恵が三人の前に大皿料理五品盛りの皿を置くと、二郎が目を丸くした。

「ゴージャスですね。これだけで三合くらい呑めそう」

「どんだけ貧乏なんだよ」

万が楽しげにツッコミを入れた。

「そうそう、コンビ名は何て仰《おっしゃ》るんですか？」

「二人の名前を合わせて『二千万』です」

「まあ、景気の良いお名前ですね」

「師匠《ししょう》がつけてくれたんです」

鉄平はジョッキを掲げた。

「二郎と万にコンビを組ませたのは、荒尾《あらお》さんのアイデアなんです」

荒尾一弘《かずひろ》は鉄平のマネージャーだ。

「さすがに慧眼《けいがん》ですね。ピンのときは今一つと思っていた短所が、コンビで漫才を始めた途端《とたん》、武器に変わりました。評判も良くて、寄席《よせ》の出番も増えてるし、あちこちからゲストで呼ばれるんですよ」

鉄平は我が事のように嬉《うれ》しそうだった。

「私、鉄平さんと真帆《まほ》さんの『コメディー de アカデミー』、毎週拝見してます」

鉄平と歴史学者の日高《ひだか》真帆のコンビによるユーチューブ動画は、歴史的な事象にお笑いと学術の両面から光を当てて掘り下げるという異色の《お笑い教養番組》だ。一月から始まった配信の再生回数はうなぎのぼりで百万回を超えるものもあり、チャンネル登録者数もすでに五十数万人に達していた。

「ありがとうございます。あれはやはり、藤原《ふじわら》さんの企画力がものを言ったんですよ」

「それも、逸材《いつざい》お二人がいらっしゃったからこそですよ。鉄平さんと真帆さんに実力がなかったら、こんな成功はあり得ません。そもそも、企画自体生まれなかったでしょう」

万と二郎は同時に「仰る通り！」と唱和《しょうわ》した。

「番組自体は、やはり日高先生に負うところが大きいですよ。学識《がくしき》豊かな美女が、どんなきわどい題材でも怯《ひる》むことなく、鋭く切り込んでくるのが受けてるんです」

「それをすべてお笑いにして返す鉄平さんもすごいですよ。私、毎週楽しみで……」

鉄平は照れ笑いを浮かべて、壁のホワイトボードを見上げた。

今日のお勧め料理は、赤貝《あかがい》（刺身《さしみ》）、鯛《たい》（刺身またはカルパッチョ）、アサリの中華蒸し、白魚《しらうお》の卵とじ、天ぷら（ふきのとう、ワカサギ）、ハマグリ（潮汁《うしおじる》、にゅう麺）。

「ええと、俺はアサリの中華蒸し、白魚の卵とじ、天ぷら。それとシメでハマグリのにゅう麺をいただきます。お前たちは？」

万も二郎も「同じで」と答えた。

「というわけなんで、一緒盛りで結構ですよ」

「はい、畏《かしこ》まりました」

恵はお勧め料理に取りかかろうとして、ふと万の皿を見た。お通し五品をすでに食べ終わっている。酒を呑まないから食べるのが早いのだ。

「万さん、よろしかったらおでんを少しお取りしましょうか」

「はい、ありがとうございます」

「何がよろしいですか」

「あの、牛スジと葱鮪《ねぎま》、玉子、さつま揚げで」

タンパク質系ばかりなので、恵は微笑《ほほえ》ましくなった。

「鉄平さんのお仕事が順調なのは何よりですけど、新婚早々、スレ違いが増えてお気の毒ですね」

「はい。ただ幸いなことに、彼女が居職《いじょく》なんで、タレント同士ほどじゃありません」

居職とは家の中で仕事をする職業のことを言い、外へ働きに出る仕事は出職《でしょく》と言う。今はあまり使われない言葉だが、寄席に出入りしている鉄平には、自然と身についているのだろう。

「それと、泊まりの仕事でないときは、朝ご飯だけは一緒に食べるようにしてるんです。そのとき、前の日にあったことを色々話します」

「それは、良いお考えですね」

「はい」

鉄平は生ビールをひと口呑んでから先を続けた。

「出来ればこの習慣をずっと続けたいと思ってます。それから、僕のために料理を作らないで下さいってお願いしました。彼女だって忙しいのに、無理して作ると、きっと疲れ果ててイヤになって、続かなくなります」

「仰る通りです」

「僕は一人暮らしが長いんで、一緒に食べてくれる人がいれば、それだけでご馳走なんです。だからインスタントコーヒーと買い置きのパンだって、全然構いません」

恵は本気で感動してしまった。本当にその通りだ。何事も無理をすると絶対に続かない。みんな頭では分かっているのに、ご飯だけはとか、家にいるからとか、奥さんだからとか、何か理屈がくっつくと、それを忘れてしまう。

瑠央《るお》はやはり結ばれるべくして鉄平と結ばれたのだと、恵は改めて思った。この思いやりの気持ちがある限り、二人は末永く良き夫婦として歩んでゆけるに違いない。

和気藹々《わきあいあい》とした空気が流れ、食も酒も進むうちに、時計の針が十時に近づいた。

そろそろ暖簾《のれん》を仕舞って、貸し切り状態で早仕舞いにしようかと思ったとき、入り口の引き戸が開いた。

「すみませ……」

もう看板なんですと言おうとして、その顔を見た途端、恵は言葉を呑み込んだ。

「いらっしゃいませ！」

藤原海斗《かいと》だった。

「ちょうどいいタイミング！　鉄平さんと『二千万』のお二人もいらしてたんですよ」

三人は一斉《いっせい》に立ち上がり、海斗に頭を下げた。

「こんばんは。水入らずのところを邪魔しちゃったみたいで」

海斗も三人にお辞儀《じぎ》してから椅子《いす》に腰を下ろした。

「お飲み物は何がよろしいでしょう」

「瓶《びん》ビール下さい。それから、恵さんも何かお好きなものを呑んで下さい」

「ありがとうございます。それじゃ、私は喜久酔《きくよい》をいただきますね」

おしぼりを出してビールを注ぎ、乾杯してから菜箸《さいばし》を手に取ると、海斗は申し訳なさそうに言った。

「悪い。実は会食の帰りで、あまり食べられないんだ」

「そうでしたか。それじゃ、もしよろしかったら、ハマグリのにゅう麺を少し召し上がりませんか。これから鉄平さんたちのシメに作るところなんです」

「ハマグリのにゅう麺？　胃に優しくて美味《うま》そうだ。お願いします」

恵が大鍋《おおなべ》に湯を沸《わ》かし、にゅう麺の準備に入ると、海斗が少し声を落として言った。

「うちのパートナーシップの会員のことでは、恵さんに紹介いただいた方にも迷惑をかけてしまいました。本当にお恥ずかしいことです。すみませんでした」

笠原蓮《かさはられん》にストーカーまがいの脅迫《きようはく》行為を働いた、東征《とうせい》大学のエリート教授の件を指しているのだ。

「いいえ。あれはもらい事故と同じです。いくら本人が注意していても、暴走してくる車があったら、避《よ》け切れません」

海斗は小さく首を振った。

「そう言っていただけるのはありがたいですが、人物調査には細心の注意を払っているつもりなのに、まことに面目《めんぼく》ない」

「しょうがないですよ。経歴も肩書も立派で、文句のつけようがない人だったんですから」

「あいつは裏アカウントをいくつも作って、断られた相手を攻撃していたんです。

被害者の方はよく正体を突き止められましたね」

「それがたまたま、ボランティアで特定班の活動をしているお客さまがいらしてたんです。その方が突き止めて下さったんですよ。それこそ、あっという間に」

「なるほど」

特定班の捜査能力の高さについては、職業柄《がら》、海斗も十分に承知していた。

「それと、あの男の件で、もう一つご報告があります」

恵はほんの少し海斗の方に身を乗り出した。

「先週になって、確かな筋から新しい情報が入ってきたんです。あいつが発表した論文のいくつかに、剽窃《ひょうせつ》疑惑があるそうです。疑惑というより、決定的らしくて、院生時代の博士論文にも、盗用箇所があると。今になって何を言ってるんだと思いましたが……」

その先は苦《にが》いものを吐《は》き捨てるような口調になった。

「あの男の恩師に当たる教授が、昨年末に亡くなったんです。所謂《いわゆる》学会の重鎮《じゅうちん》でした。あの男は非常に目をかけられていたので、他の学者も重鎮の立場を慮《おもんぱか》って、盗用や剽窃を告発するのを控えていたらしい」

重鎮が亡くなったのを機に、それまで溜《た》まっていたストーカー教授に対する反感が、一気に爆発して、告発が相次いだという。

「呆《あき》れてものが言えませんね」

「まったくです。学会というところが、これほど腐ってるとはね」

「でも、これであの男にも天罰が下りますよね。まさに、天網恢恢疎《てんもうかいかいそ》にして漏《も》らさず……」

そう言いながら、恵は過去にも似たような話を聞いたのを思い出した。医学界の重鎮が実在しないホルモンを発表してしまったが、周囲は重鎮を憚《はばか》って、本人が亡くなるまで訂正されなかった、というのだ。

「初めてその話を聞いたときはまさかと思いましたけど、真帆さんが師匠筋に当たる教授の説に異論を唱《とな》えて、学会から半ば追放されたって亮太《りようた》さんから聞いて、ああ、現実なんだって分かりました。ちょっと『白い巨塔《きよとう》』を思い出しました」

真帆の名前が出たせいか、鉄平が恵と海斗に言った。

「松本清張《まつもとせいちよう》の『真贋《しんがん》の森』には、学閥《がくばつ》の傲慢《ごうまん》と腐敗《ふはい》が余すところなく描かれています。短編ですけど、中身は超大作です」

鉄平は歴史のみならず、文学にも映画にも絵画にも、博覧強記《はくらんきようき》と言っていいほどの知識を持っている。そして、その知識を笑いに変える才能も。

「そうですか。知らなかった。今度読んでみます」

海斗は真摯《しんし》な口調で答えた。

「僕は若い頃、IT関連の新技術の開発とその特許の取得、起業に追われて、読書、特に小説とは無縁でした。今になって後悔しています。新しい閃《ひらめ》きやアイデアは、結局、子供の頃から培《つちか》われた豊かな情操《じょうそう》の中からしか生まれない。最近、やっとそれに気がついたところです」

鉄平がなるほどという顔で頷いた。

「数学者の藤原正彦《ふじわらまさひこ》先生も、ご著書の中で『最後は日本語力にかかっている』という意味のことを書いておられますね。数学みたいな無国籍な学問に、国語力が影響するというのが面白かったです」

「何となく分かる気がするな。高等数学は仮説に仮説を重ねていく学問だけど、仮説を立てる土台は、本人の日本語力と豊かな情操の中から育《はぐく》まれる。知識の土壌《どじょう》に情操が含まれないと、栄養不足で痩《や》せた土地になるってことじゃないかな」

二人の遣り取りが続くうちに、シメのハマグリのにゅう麺が出来上がった。

「お待たせしました」

湯気《ゆげ》の立つ丼《どんぶり》を四つ、カウンターに置いた。具材はハマグリと飾りの三つ葉のみで、至ってシンプルだ。

「よろしかったらお好みでどうぞ」

柚子胡椒《ゆずこしよう》の小瓶を添えた。柚子胡椒は、にゅう麺にもパスタにも使えて、ピリ辛風味で味変《あじへん》にもなる。

四人はひたすら箸を動かし、ハマグリの出汁のつゆと喉越《のどご》しの良い素麺《そうめん》を交互に啜《すす》った。鼻の頭にうっすらと浮かんだ汗が、満足度を表しているように見えた。

「ああ、ご馳走さまでした」

海斗は箸を置くと、上着から財布《さいふ》を取り出した。普段はスマートフォンやカード決済だが、めぐみ食堂のような小さな店では現金で支払う。

「今日は、これで」

カウンターに一万円札を四枚置いて、チラリと鉄平たちの方を見遣《みや》った。彼らの分も支払ってくれるのだ。

「どうもありがとうございます」

恵も遠慮せずに好意を受けることにしている。相手は大金持ちで、鉄平のスポンサーでもある。

海斗が出て行くのを、鉄平たちも椅子から立ち上がって見送った。

席に着いて食後のほうじ茶を飲んでから、鉄平も勘定《かんじょう》を頼んだ。

「ありがとうございます。先ほど、藤原さんから皆さまの分も頂戴《ちょうだい》いたしました」

「そりゃ申し訳ない……」

「いいえ。藤原さんは鉄平さんのタニマチになるのが、嬉しくてたまらないんです。だからどうぞ、ご遠慮なく」

海斗は事業の成功と華麗《かれい》な容姿ばかり注目されるが、母に捨てられ、父は事業に失敗して自己破産し、十代から世の辛酸《しんさん》を舐《な》め、苦労を重ねて起業したという過去がある。普通の若者のように、青春時代に趣味やアイドルに夢中になる余裕がなかった。それが今、八並鉄平という「人生初の推《お》し」に出会って、楽しくて仕方ないのだろう。

するとニ郎が鉄平に尋ねた。

「もしかして、藤原社長って独身ですか」

鉄平が頷くと、二郎は深々と溜息《ためいき》を吐《つ》いた。

「すごいっすねえ。大金持ちで超のつくイケメンで……モテモテで大変でしょうねえ」

「だよなあ。あれくらい揃ってると、もう雲の上の人みたいで、羨《うらや》ましいってレベル超えてるよ。たとえるなら『会いに行ける大谷翔平』かな」

鉄平も軽口で応じた。

しかし皮肉なことに、海斗は人間の女性にまったく恋愛感情を抱《いだ》けない性癖《せいへき》で、AIを内蔵したホログラム（立体画像）ロボットを「マヤ」と名付け、恋人気分で同棲《どうせい》している。もし世の女性たちがそれを知ったら、どれほど落胆《らくたん》するだろう。

幸か不幸か、恵は海斗本人からこの秘密を知らされた。一生秘密は守るつもりだが、しかし海斗には良き人間の伴侶を得て幸せな生活を送ってほしいと、心の隅《すみ》でいつも願っている。

「沢口《さわぐち》さん、東陽《とうよう》テレビの方がご面会です」

内線電話を取ると、受付の職員の声が耳に流れた。

東陽テレビ？　江差《えさし》さんは邦南《ほうなん》テレビだったわよね。

頭の隅でそう訝《いぶか》しみながらも、「すぐ行きます」と答えて受話器を置いた。

事務室を出ると、廊下《ろうか》に背の高い男が立っていた。顔を見ると、先週めぐみ食堂で会った男性だと分かった。

「お忙しいところを、すみません」

唐津《からつ》は秀《しゅう》に近寄って一礼し、名刺を差し出した。

「東陽テレビで『ニュース2・0』を担当している唐津といいます」

秀は受け取った名刺をちらりと見てから、再び唐津に目を戻した。

「あのう、どういうご用件でしょうか」

「特定班について、取材させていただきたいんです」

秀はほんの少し困ったように顔をしかめた。

「それは以前、邦南テレビの『ニュースダイナー』の取材を受けて、あらかたお話ししました。もう一度取材していただいても、同じ話を繰り返すだけなので……」

「それは構いません」

秀は怪訝《けげん》そうに唐津を見返した。

「『ニュースダイナー』とは違う切り口で組み立てます。だから、その点はご心配なく」

秀は一瞬「そんなのあり？」と思ったが、次の瞬間には「地上波のニュース番組はどれも似たり寄ったりだし」と思い直した。

「とりあえず少しだけでも、お話を伺えませんか？　よろしかったら、お昼の時間にでも」

もうすぐ十二時で、ランチタイム休憩だった。

「前と同じ内容でよろしかったら、私は構いませんが」

唐津は邪気《じゃき》のない笑顔を見せた。

「良かった。それじゃ、休憩になったらお願いします。ここで待ってますから」

十二時になり、秀がショルダーバッグを手に廊下に出ると、唐津がさっと隣に寄ってきて、肩を並べて歩き始めた。その瞬間どういうわけか、この人はこれまで何回くらい、こうして女性と肩を並べて歩いたんだろう、という思いが頭をよぎった。きっと百回より多いだろう……。

そのとき、廊下の角《かど》を曲がって峰岸壮介《みねぎしそうすけ》がこちらに歩いてきた。秀は気軽に声をかけようとしたが、壮介は二人を見ると、避《さ》けるように足早に通り過ぎた。

唐津が「良い店があるんですよ」とランチに誘ってくれたのは、しんみち通りに入って三十メートルほどの場所にあるビルの三階だった。店内は緑と白を基調にしたインテリアでまとめられ、とてもおしゃれだった。

秀はしんみち通りは何度も来ているが、こんな店があるのは初めて知った。

「ここ、マスコミの露出度《ろしゅつど》が高くて、結構有名なんですよ」

唐津はこの店を紹介した番組の名をいくつか挙げた。

「店名にもなってる通り、名物はウニです。嫌いですか?」

「まさか」

秀は首を振り、メニューをチェックして胸がときめいた。ウニパスタだけで六種類、その他にウニ満載の卵かけご飯と、ご飯が見えないくらいウニがてんこ盛りになった丼がある。

「どうぞ、お好きなものを」

秀は迷った末に、ウニパスタブラックを選び、唐津はウニパスタホワイトを選ぶと、「夕飯ならアルコールを頼むんだけど」と残念そうに言った。

「それで、特定班のことなんですけど……」

「まあ、仕事の話はご飯を食べてからにしよう」

それでも気になることがあった。

「せっかく取材しても、没になったらどうするんですか」

「まあ、それは時々あることだから、仕方ないよ」

秀はふと、この人は本気で特定班を番組で取り上げようと思っているのだろうかと、疑問を感じた。

すると唐津は秀の気持ちを察したように、うっすらと笑《え》みを浮かべた。

「正直言うと、君とご飯が食べたかったんだよ。でも、何か理由がないとOKしてくれないでしょ。取材協力なら、良いかと思って」

秀が啞然《あぜん》として言葉を失うと、唐津は楽しそうに笑った。

「そんな顔しないでよ。特定班の活動に興味があるのは嘘《うそ》じゃない。ただ、君がどういう人なのかという方が、もっと興味がある」

秀は唐津の顔を見直して、妙《みよう》な気持ちになった。歯の浮くようなセリフだが、唐津の口から出ると陳腐《ちんぷ》に聞こえなかった。きっとそういうセリフを何度も言って、それが受け入れられてきたので、すっかり身についているからだろう。

「この店、夜はウニのコースもあるんだ。ウニ三昧《ざんまい》、興味ある？」

唐津は秀の沈黙を了解と解釈したようだ。秀は首を振った。

「やめときます。食べすぎると、ウニのありがたみがなくなりそう」

「じゃあ、普通のフレンチにしよう」

秀は半ば呆れ、半ば感心したが、少し面白くもあった。これまで周りに唐津のような男性はいなかった。みんな押しが弱く、傷つくのを恐れてばかりいた。それに比べると唐津のメンタルの強さは、異星人に近い。

「高い店はやめて下さいね」

秀は膨《ふく》れ上がる笑いを嚙《か》み殺した。

「私、基本割り勘《かん》だから」

三月三十一日は日曜日で、春休みの最中でもあった。子供を連れてバーベキューに行くには最適の日だ。

「車で拾ってくから、どっかで子供たちと待っててよ」

功の厚意に甘え、恵は愛正園の子供たち三人と、上野《うえの》で功の車を待つことにした。とはいえ、上野駅周辺は交通量が多くて分かりにくいので、浅草《あさくさ》通りを稲荷《いなり》町《ちょう》の方に進んだ、下谷《したや》教会の近くで待っていた。

四月から、大輝、澪《みお》、凜《りん》の三人は小学校四年生に進級予定だ。大輝だけは真行寺の援助で、園の管理の下、スマートフォンを貸与《たいよ》されていた。子供はスポンジが水を吸い込むように知識を吸収するから、スマートフォンの使い方は恵より上手い。

「メグちゃん、氷川《ひかわ》キャンプ場って、行ったことある？」

「ないわ」

するとたちまち地図アプリで場所を出してくれた。

「ここからどういうルートで行くの？」

「分からないわ」

するとと子供たちはスマートフォンでルートを検討し始めた。

「やっぱり上野から首都高に乗って、中央道の八王子《はちおうじ》インターで降りて……」

得意そうに解説しているのは大輝だ。地理に詳《くわ》しいのか、これまでになく自信に満ちて、頼もしい口調だ。いつもは澪と凛に遣り込められることも多いのだが。

午前九時を少し過ぎた頃、恵たちの前に一台のミニバンが停まった。後部座席の窓が開き、しおりと息子の勇生が顔を覗《のぞ》かせて手を振った。

「よ、お待たせ」

功が運転席から降りてきた。今日もカジュアルな服装だが、いつもの作業服然とした格好《かっこう》ではなく、いかにも「アウトドアライフ」の通人《つうじん》風に決めている。

「子供たちは一番後ろ。恵さんは助手席ね」

「ありがとう」

しおりと勇生に挨拶《あいさつ》をした後、子供たちは三列目の席に座り、恵は助手席に座った。「材料は持ってくし、足りないものは途中で買うから」と言われたので、恵は手ぶらでやってきた。

「今日は何から何まで、悪いわね」

「いや、俺もバーベキューしたかったから」

功は振り向いて、後ろの席のしおり親子と大輝たちに声をかけた。

「日曜だから、これからキャンプ場に着くまでに二時間半くらいかかるんだ。途中で一回トイレ休憩入れるけど、我慢《がまん》できなかったり、気持ち悪くなったりしたら、遠慮なく言ってね」

大輝と澪と凜は一斉に「は～い」と返事した。

そして澪と凜は、早くも勇生に興味を示し、「いくつ？」「どこの保育園？」「いつも何してるの？」など、あれこれ質問攻めにしている。勇生ははにかんでしおりの陰《かげ》に隠れながらも、好奇心は抑《おさ》えがたく、時々振り向いて澪と凜を見ていた。

氷川キャンプ場は、都心から二時間半で行ける奥多摩《おくたま》のキャンプ場だ。渓谷《けいこく》に囲まれた川沿いに位置し、河原《かわら》のテントサイトでは直火《じかび》使用が可能で、バーベキューや焚火が楽しめる。夏にはアユ釣りや川遊びが楽しめ、カヌーとカヤックの体験も出来る。大自然を満喫《まんきつ》しつつ、ソロキャンプ、グループキャンプ、日帰りキャンプなど、様々なシチュエーションで利用できる、人気のスポットだ。

キャンプ場の近くの町営駐車場にミニバンを停めると、功は車から降りて気合を入れた。

「よし。まずは搬入《はんにゅう》だ!」

後部扉《とびら》を開け、荷台から台車を二台下ろした。まずは鉄製の用具を台車に積み込む。子供たちは興味津々《きょうみしんしん》だ。

「それ、何ですか?」

「焚火台とガスバーナー。バーナーはバーベキューで使うんだ」

「手伝います」

大輝が言うと、功は荷台の中を指さした。

「ありがとう。中に食材とか入ってるから、それを台車に積んで一緒に運んでくれる?」

「はい!」

子供たちは早速、発泡《はっぽう》スチロールの箱を台車に積んだ。恵としおりも手伝って、二往復で必要なものはすべて河原のテントサイトに運ぶことが出来た。

「まずはテントの設営をします」

功の言葉に子供たちだけでなく、しおりも恵も目を輝かせた。

テントというから三角錐《さんかくすい》状のものを想像していたが、功は四角いポリエステル素材の布を六本の支柱で支えて、屋根を作っただけだった。その下に折りたたみ式の調理台を置き、椅子を七脚並べた。

もしかして今日のために、わざわざ人数分の椅子を買ったのだろうかと、恵はちょっぴり申し訳ない気持ちになった。真行寺から預かった経費は、そっくり功に渡すことにしよう……。

「これはタープっていう庇《ひさし》みたいなもんで、日帰りのときはこれで十分なんだ」

それから川べりに焚火台をセットし、それを囲むように三脚をセットした。トライポッドという、鍋《なべ》を吊《つ》るす道具だという。

功は薪《まき》に点火した。火を熾《おこ》しながら、隣にガスバーナーとバーベキュー用の網をセットする。それから焚火の中に炭《すみ》を何個も差し入れた。

「さて、これからいよいよキャンプ料理を始めます」

功が調理台の前に立つと、恵たちは生徒のように前に並んだ。

「一番先に作るのは、一番時間のかかる、ローストチキンのグレイビーソースかけです」

功は発泡スチロールの箱からジャガイモ五個と、丸鶏を取り出して調理台に置いた。

「ジャガイモはきれいに洗ってあります。鶏は『鳥藤《とりとう》』さんで買って、内臓は抜いてあります」

鳥藤は豊洲市場《しじょう》に店を持つ鶏肉専門の業者で、築地《つきじ》時代からの老舗《しにせ》だ。

「まず、ジャガイモを切ります」

皮ごと厚さ一センチくらいにザクザク切った。

「次は鶏に味付けをします」

外側と腹の中にオリーブオイルを塗り、塩・胡椒してから、ローズマリーとタイムの枝を腹の中に入れ、残りを足の間に挟《はさ》んだ。

「これで準備完了です。次は……」

功は金属製の鍋を調理台に載せた。

「これはダッチオーブンという調理器具です。キャンプでは大活躍するんですよ」

底にジャガイモを敷き詰め、上に鶏を載せて蓋《ふた》を閉めた。それを焚火台まで運び、トライポッドに吊るした。

「ここからがダッチオーブンの腕の見せどころです」

功は薪摑《つか》みで火の熾った炭を摑むと、蓋の上に載せていった。

「これで上と下から熱が入って、鍋の中はオーブン状態になります」

単純至極だが理に適《かな》った仕組みに、恵は感心した。電気もガスもなかった時代に、ダッチオーブンは料理の幅を大きく広げたことだろう。

「じゃあ、次はこれを使った料理を作ろう」

功は調理台に、アルミ製の弁当箱のようなものを二個置いた。横には取っ手が付いている。

「それは何？」

しおりが訊くと、功は嬉しそうに説明した。

「メスティンっていう、アウトドアにはお役立ちの必需品だよ。要するにアルミの飯盒《はんごう》だけど、ご飯を炊《た》くだけじゃなくて、焼く、煮る、蒸す、燻製《くんせい》と、色んな料理が出来るんだ」

「これで量はどれくらい？」

「Lサイズだから、三合半かな。一人のときはSサイズだけど、今日は大人数だから。今日はこれを使って、パエリアとスパニッシュオムレツを作ります」

「功さん、キャンプ料理のレパートリー広いのね」

しおりが感心したように言った。

「一人のときは煮込みくらいしか作らないけど、今日は子供たちがいるから、いいとこ見せたくてさ」

功は気軽に言って、台車からカセットコンロを二台取ってきた。

「メスティンは火力調節の出来る方が良いので、これを使います」

それから急に恵を見た。

「恵さん、パエリア作れる?」

「ええと、キャンプでは作ったことないんだけど」

「普通に、野菜とシーフードミックス炒めて、米入れて、パエリアの素《もと》で味付けして炊くだけ。簡単だよ」

功は発泡スチロールの箱を調理台の上に置いた。蓋を取ると、中には無洗米と袋に入ったシーフードミックス、玉ネギ、マッシュルーム、ニンニクなど、パエリア用の食材が入っていた。

「味が薄かったら、塩・胡椒を足して」

「頑張ります」

感心なことに、功は包丁《ほうちょう》とまな板をもうひと組用意してくれていた。恵は早速玉ネギとニンニクをみじん切りにし、マッシュルームを薄切りにした。メスティンにオリーブオイルを敷き、カセットコンロに点火して、ニンニクと玉ネギを炒め始めた。

ビニール袋を開けると、中のシーフードミックスは市販のものではなかった。きっと功が三階の種物屋《たねものや》で、売れ残ったエビとホタテとイカを買ってきて、ひと口大に切り分けたのだろう。恵は気を引き締めて、功の心のこもったシーフードミックスを炒めた。

米を加え、パエリアの素を入れて混ぜ合わせ、ペットボトルの水を注《そそ》いで水加減をした。

「功さん、この後どうするの？」

「蓋して、中火で炊いて、沸騰《ふっとう》したら弱火にして十五分ね。その後、十五分蒸らせば出来上がり」

恵が蓋をすると、功は上に河原で拾った石を置いた。

「重石《おもし》をしとくと、吹きこぼれを防げるんだ」

「なるほど」

恵は感嘆することしきりだ。端《はた》で見ている子供たちも、やはり感心している。

「シーちゃん、野菜切って」

功はしおりを助手に、スパニッシュオムレツの下ごしらえをしていた。手分けしてジャガイモと玉ネギをひと口大に切り、メスティンに入れ、塩・胡椒して「切れてるバター」を三ヶ所に置いた。カセットコンロに載せて点火すると、蓋をした。

「弱火でじっくり十分、蒸し焼きにするんだ」

功はプチトマトのパックと卵のパックを調理台に置いた。

「シーちゃん、飾りにするからプチトマト、四等分に切って。それと、卵割って溶いて。塩・胡椒は適当に振ってね」

功はタイマーを仕掛けてから、バーベキューの準備に移った。網の下に置いたガスバーナーの火で焼く。

「じゃあ、みんなで野菜を切ろうか」

まな板の上に、ナス、パプリカ、トウモロコシ、椎茸《しいたけ》などを並べた。

「みんなで、食べやすい大きさにカット！」

澪と凜は嬉しそうに包丁を見た。

「それじゃ、澪ちゃんからやってみましょう」

しおりがまず手本を見せてから、澪に包丁を手渡した。覚束《おぼつか》ない手つきで、ナスのヘタを取り、一センチの厚さの輪切りにした。

功はそれを眺《なが》めつつ、網の上にスペアリブ、魚の切り身、車エビなどを並べていく。

あの車エビはきっと、瀕死《ひんし》か御臨終《ごりんじゅう》だった品ね。

経験上、恵は察したが、それにつけてもスペアリブに下味をつけて持ってきた功の働きには、頭が下がった。

タイマーが鳴った。

功はカセットコンロの火を止め、メスティンの蓋を取った。バターの良い香りが周囲に漂《ただよ》った。

蒸し焼きにした野菜を別の容器に空《あ》けると、メスティンをキッチンペーパーで軽く拭《ふ》き、クッキングシートを敷き詰めた。

「こうすると焦《こ》げつかないから便利だよ」

卵を溶いた器《うつわ》に野菜を入れ、ざっくりかき混ぜてからメスティンに移した。それをカセットコンロに載せ、再び点火する。

「中火で二、三分、それから弱火で八分～十分かな」

スパニッシュオムレツが出来上がる頃には、バーベキューも焼けて食べ頃になっている。その後は最初に火にかけたダッチオーブンのローストチキン、恵のパエリアも出来上がる。

功はクーラーボックスを開けた。中にはお茶と炭酸飲料、缶ビールも入っている。

「全部ノンアル。スパークリングワインもあるよ」

ノンアルコールの缶入りスパークリングワインは、白・赤・ロゼと三色揃ってい
た。

「私、スパークリングの白」

恵が白の缶を取ると、しおりはロゼを選んだ。功がノンアルコールのビールの栓《せん》
を開け、三人は乾杯して喉《のど》を潤《うるお》した。

「ここ、夏は川遊びが出来るのね」

しおりが目の前を流れる清流を見て言った。

「うん。アユ釣りもカヤックの体験も出来るよ」

そして、しおりを励《はげ》ますように言い添えた。

「夏まで待たなくても、勇生君が気に入ったらまた連れてくるよ」

すると、しおりは寂しげに微笑んだ。

「ありがとう。私も今、店に出てるし、遊びにも連れて行けなくて」

そして独《ひと》り言《ごと》のように続けた。

「キャンプ場なんて、あの子、初めてなの。前の主人、子供と出かけるの好きじゃ

なくて……」

「前の」のひと言に、しおりの気持ちがはっきり表れていた。離婚調停中の夫とは、完全に気持ちが離れている証拠だ。

恵は二人の邪魔をしないようにバーベキュー台に近づいた。網の上では肉も魚介も野菜も、食べ頃に焼けている。香《こう》ばしい匂《にお》いが周囲に漂っている。

「勇生君、何食べる？」

「大ちゃん、はい、お手拭《てふ》き」

澪と凜は母親のように甲斐甲斐《かいがい》しく、男の子たちの世話を焼いている。恵は焼き上がった食材を端へのけて、焦げないようにした。

「勇生君、エビの殻《から》、剝《む》いてあげるね」

「大ちゃん、お野菜も食べなさい」

澪が車エビの殻を剝けば、凜は大輝の皿にナスとパプリカを載せる。恵は微笑ましくなった。

大輝とチラリと目が合うと「やれやれ」という顔で見返した。それがまるで世話女房に押され気味の気弱な亭主《ていしゅ》のようで、恵はますますおかしくなった。

そして功の作ってきたスペアリブは、美味だった。

「功さん、スペアリブ、美味しいわね」

「だろ？　秘伝のタレに漬《つ》けてきた」

「どこで習ったの？」

「へへへ。実は栗原心平《くりはらしんぺい》のレシピ本」

功はにやりと笑った。

「男の料理だから、俺には最適。それにあの人、キャンプ料理の本も出してんだよ」

「もしかして、それでにわか勉強？」

「まあね。お陰で助かったよ」

功は屈託《くったく》のない顔で微笑んだ。

それを見て、恵は功の気持ちが胸に沁《し》みた。きっとこの日のために、必死で勉強したに違いない。椅子も、Lサイズのメスティンも、二つ目の包丁とまな板も、この日のために買ったのだ。しおりと勇生を喜ばせるために。

「シーちゃん、せっかくだからスペアリブ、食べてよ」

「ありがとう」

しおりは照り焼きのような色艶《いろつや》のスペアリブを紙皿に取り、指でつまんで齧《かじ》りついた。

「ホント、美味しい！」

「だろ」

功が嬉しそうに目尻《めじり》を下げると、タイマーが鳴った。スパニッシュオムレツの焼き上がりだ。

功はメスティンをカセットコンロから下ろし、蓋を取った。ふわりと湯気が立ち上り、黄色いふんわりした塊《かたまり》が姿を現した。

「これがクッキングシートの威力だ」

功はメスティンの縁《ふち》からはみ出したクッキングシートを指でつまみ、一気に中身をまな板の上に移動させた。

「上手い！」

恵もしおりも子供たちも、健闘《けんとう》をたたえて一斉に拍手《はくしゅ》した。

功は食べやすい大きさに切り分けると皿に移し、飾り用のプチトマトをトッピングした。

「スパニッシュオムレツの出来上がり〜」

子供たちは嬉しそうに箸を伸ばし、それぞれの皿に取った。しおりはスプーンですくって、勇生の口に運んでいる。

「美味しいわね。ジャガイモがホクホクで、バター風味が利《き》いてる」

「我ながらビックリ。作ったの初めてなんだ」

功も嬉しそうにスパニッシュオムレツを頬張《ほおば》った。

別のタイマーが鳴って、ローストチキンの出来上がりを知らせた。功は年季《ねんき》の入ったミトンをはめ、薪摑みで蓋の上の炭をのけ、ダッチオーブンをトライポッドから外《はず》した。

蓋を開けると中のローストチキンは良い具合に焼けている。功はローストチキンとジャガイモを大皿に取り出すと、バターと塩を鍋に加えた。

「これで、グレイビーソースを作ります」

グレイビーソースとは、肉汁を利用したソースのことだ。

功はもう一度ダッチオーブンをトライポッドに吊るし、木杓子《きじやくし》で中身をかき混ぜた。

「バターが溶けたら出来上がり」

ダッチオーブンを火から下ろすと、ローストチキンの解体に取りかかった。

大皿にジャガイモを敷き詰め、真ん中にローストチキンを置くと、足の先にアルミホイルを巻いて手で押さえ、ひねったり包丁で切れ目を入れたりしながら、手早く食べやすい大きさに切り分けた。いかにもソロキャンプで鍛《きた》えた手さばきで、正確で無駄《むだ》のない動きは見事だった。

「これで上からソースをかけて、出来上がり」

功はグレイビーソースをかけ回した。

「手づかみで食った方が美味いよ。熱いときはホイルで巻いて……」

恵も言われた通り手でつまみ、ひと口食べて息を呑んだ。

ダッチオーブンで作ったローストチキンは、しっとりとした食感で、肉はとろけるような美味しさだった。グレイビーソースがさらなるコクをプラスしている。鶏肉だけでなく、ジャガイモも素晴らしく美味しい。ローズマリーとタイムの香りが絶妙に合う。

「おいし……」

そう告げようとして、後の言葉を呑み込んだ。

しおりと功は勇生を間に挟んで、ローストチキンを頬張っていた。三人とも良い笑顔だった。

美味しいものを食べると人は良い顔になる。だが、それだけではないようだ。

しおりの背後を覆《おお》っていた、あの青白く冷め切った空気が希薄《きはく》になっている。そして入れ替わるように、ふんわりとした温かな空気が、少しずつ立ち上っていた。

もしかして、これは？

しおりを閉じ込めていた氷が溶け、春が近づいてる兆《きざ》しだろうか。

恵は期待を込めて、もう一度しおりを見つめたのだった。

四皿目

ホタルイカのお相手

昔の入学式は満開の桜の木の下で記念写真を撮るのが常だったが、最近は開花の時期が早くなり、東京あたりでは四月に入ると花びらがちらほらと風に舞い始める。果たして式典の日まで満開の姿を保てるかどうか、危《あや》ぶむようになってから久しい。

いつからそんなことを考えるようになったのかしら……。

桜の木を見上げ、恵《めぐみ》は歩みを緩《ゆる》めた。

東京は桜の名所がいくつもあるが、街路樹にも公園にも個人宅の庭にも桜が植えられているので、わざわざ花見に出かけなくても、毎年桜の花を眺《なが》めることが出来る。

今、自宅マンションから四谷《よつや》しんみち通りの店へ向かう途中にも、桜の木は散見された。

いよいよ四月に入った。これから春は駆け足で夏に向かってゆく。花冷えの頃を過ぎて五月が近づくと、汗ばむような日もある。四月半ばから六月の上旬……梅雨《つゆ》入りするまでは、爽《さわ》やかで暑くもなく寒くもなく、一年で一番過ごしやすい時期だろう。そしてその後はおでん屋の大敵、夏がやってくる。

あ〜あ、考えると因果《いんが》だわ。こんな良い季節に、先の心配をしなくちゃならないなんて。

恵は心の中でぼやきつつ、足を速めた。

店に着くと、いつものように準備を始めた。

今日の大皿料理の一品は、揚げナスの「ソース日本」かけ。朝香椿《あさかつばき》にもらったソースもこれで最後だ。

それと麻婆《マーボー》モヤシ。豆腐《とうふ》の代わりにモヤシを使う。トマトとセロリの中華和《あ》え。火を使わない簡単料理だ。定番の卵焼き。カボチャのヨーグルト和え。レンチンしたカボチャをマヨネーズとヨーグルトを混ぜたソースで和えるだけだが、軽《かろ》やかな味は女性受けするだろう。

本日のお勧め料理は、青柳《あおやぎ》・トリ貝・ホタルイカ（刺身《さしみ》またはぬた）、釜揚《かまあ》げシラス、もずく（酢の物または味噌汁《みそしる》）、アサリの酒蒸《さかむ》し、ホタルイカとカブのガーリック炒《いた》め。そして季節のおでんは筍《たけのこ》と蕗《ふき》。ちょっと地味目だが玄人《くろうと》好みのラインナップだと思う。

種物屋《たねものや》「岩《いわ》もと」の店主は、「貝は大人の味だ」と口癖《くちぐせ》のように言う。

「口に入れた途端《とたん》にパッと旨味《うまみ》が広がるんじゃなくて、じっくり噛《か》み締めてるうちに、何とも言えない滋味《じみ》が溢《あふ》れてくる……。トロばっかありがたがってる奴《やつ》にゃ、この醍醐味《だいごみ》は分かるめえよ」

それから「若い奴らにゃ、味の濃いもん食わせときゃいいんだよ。トロ、金目《きんめ》、ノドグロ、ウニ」と続けるのが常だった。その半ば得意そうな顔を思い出すと、恵は微笑《ほほえ》ましくなる。失った若さの代わりに貝の旨味に目覚めたなら、結構なことだ。

おでんの仕込み、お勧め料理の下ごしらえ、大皿料理五品もすべて作り終えた。壁の時計を見ると六時十分前。いい頃合いだ。

恵は割烹着《かっぽうぎ》を調理用から接客用に着替え、コンパクトを覗《のぞ》いて額《ひたい》をパフで叩《たた》いた。店の外に暖簾《のれん》を出し、立て看板の電源を入れ、入り口に下げた札《ふだ》を裏返して「準備中」を「営業中」に変えた。

店に入ってカウンターの中に立つと、引き戸が開いてその日最初のお客さんが入ってきた。

「いらっしゃいませ」

豊洲《とよす》の鰹節《かつおぶし》屋おの松《まつ》の主人・小野松太郎《おのまつたろう》だった。

「中生」

松太郎はカウンターに腰かけるなり、注文を告げた。

「離婚調停の方は、うまくいってます？」

「まあな。間に弁護士が入ってるから」

松太郎はおしぼりで手を拭《ふ》きながら、壁のホワイトボードに書かれた「本日のお勧め料理」を見上げた。

「釜揚げシラス、トリ貝とホタルイカは刺身で」

「はい。畏《かしこ》まりました」

恵は中ジョッキに生ビールを注《つ》ぎながら訊《き》いた。

「勇生《ゆうき》君は元気にしてます？」

「ああ、いつぞやはキャンプ場に連れてってくれて、ありがとう。楽しかったらしくて、よくその話をしてるよ」

「お礼なら功《いさお》さんに言って下さい。何もかも全部準備して下さって、私なんか、子供たちと一緒に食べてただけ」

「しおりもそう言ってた」

松太郎は小さく笑って生ビールをひと口呑《の》んだ。

「昨日は勇生と桃香《ももか》を荒川遊園《あらかわゆうえん》に連れてって、一日一緒に遊んでくれた……桃香は松也《まつや》の娘で、勇生と同い年なんだ」

「それは良かったですね」

恵は、大皿料理を盛りつけた皿を松太郎の前に置いた。

「ああ。子供たちは大喜びだし、松也と千恵美《ちえみ》さんは久しぶりに夫婦水入らずでデートしたし、しおりは学生時代の友達と食事に行ってきた。親子でお世話になりっぱなしだ」

「功さん、良い人ですよね」

松太郎は真面目《まじめ》な顔で大きく頷《うなず》いた。

「シーちゃんのこと、好きなんですって。決して浮わついた気持ちじゃない、真剣に将来を考えてるって」

「ああ。何となく察してるよ」

恵は松太郎の気持ちを考えながら、慎重に言葉を選んだ。

「功さんは、今すぐシーちゃんにプロポーズすることは考えてないそうですよ。今度のことで負った心の傷が癒《い》えるまで、いつまでも待つって、そう言ってました。シーちゃんが立ち直って、将来のことを考える余裕が出たときに、候補者の一人としてそばに立っていたい、出来れば有力候補者になりたいって」

松太郎はぐすんと洟《はな》を啜《すす》り上げ、再びジョッキを傾けて生ビールを呷《あお》った。

「……これはしおり次第だが、俺《おれ》は、なろうことなら功と一緒になってもらいたい」

「本気でそう思っていらっしゃいます？」

「ああ」

松太郎はジョッキを置いて、恵の顔を見返した。

「俺は今度のことでつくづく思い知ったよ。人間、大事なのは真心と思いやりだって。どんなに金があっても、地位や肩書が立派でも、見た目が良くても、真心と思いやりのない奴には何の価値もない。ゼロなんだって」

「どんな大きな数字でも、ゼロをかければゼロになるのと同じですね」

「そう、その通り！」

松太郎はぴしゃりと腿《もも》を叩いた。

「功は真心と思いやりの塊《かたまり》だ。ああいう男と一緒になれば、しおりはきっと幸せになれる」

忸怩《じくじ》たる思いを噛み締めるように、松太郎は顔をしかめた。

「本当は、俺がこんなことを言うのはおこがましい話だ。しおりはコブ付きの出戻りで、功はまっさらな独身なんだから」

「功さんは、シーちゃんのことをそんな風に思う人じゃありませんよ」

「ああ、分かってる。だからかえって申し訳なくてな」

恵は一番気になっていることを尋ねた。

「ところで、シーちゃんは功さんのことをどう思ってるんでしょう。お兄さんの同級生だから、ある程度、気心は知れてるにしても、男性として好みの範疇《はんちゅう》かどうか……」

松太郎はゆっくりと卵焼きを咀嚼《そしゃく》してから答えた。

「俺の見るところ、結婚前は多分、功は眼中《がんちゅう》になかったと思う。若い娘は背伸びして遠くばかり見たがるもんだろう。しおりも何とかというアイドルグループに夢中で、ファンクラブに入ってたな」

初耳だったが、松太郎の言うことは大いに納得できた。中高校生時代を振り返れば、同級生の女の子たちは隣の席の身近な男子ではなく、クラスで、あるいは学校で一番イケメンでモテモテの男子にバレンタインのチョコレートを贈っていたではないか。

「ただ、今のしおりはもう小娘じゃない。結婚して子供も産んで実家に出戻って、人並みの苦労はひと通りしたわけだ。今なら、功の人柄《ひとがら》の良さは光って見えるんじゃないかな」

恵はホッとすると同時に嬉《うれ》しくなった。

「実は私、功さんの恋が成就《じょうじゅ》するように、応援してるんです」

「ほう」

「小野さんの気持ちを伺って、千人力《せんにんりき》です。良かった」

恵は刺身用の皿につまの大根を敷き、大葉《おおば》を載せた上にトリ貝とホタルイカを並べた。

「どうぞ」

醬油《しょうゆ》の小皿を添えて出すと、松太郎はトリ貝に箸《はし》を伸ばした。

「岩もとの？」

「もちろん」

市場《しじょう》関係者は舌が肥えているので、豊洲で仕入れた刺身以外は怖くて出せない。

「ああ、これは酒が欲しくなる」

「鳳凰美田《ほうおうびでん》の純米吟醸《じゅんまいぎんじょう》がお勧めです。貝類や甲殻類《こうかくるい》の臭《くさ》みを消して、お酒もぐんと旨《うま》くなるって、酒屋さんが言ってました」

「ふうん。じゃあ、それを一合」

恵はデカンタに鳳凰美田を注《そそ》いで出してから、ガラスの器《うつわ》に大根おろしを盛り、釜揚げシラスをたっぷりと載せた。

松太郎は、トリ貝、酒、ホタルイカ、酒、釜揚げシラス、酒と一巡《いちじゅん》してから箸を置いた。

「美味《うま》いなあ。止まんなくなりそうだ」

「前に岩もとのご主人に言われたんです。シラスは獲《と》れて二十分以内だったら生が断然美味いけど、それ以上時間が経《た》ったら釜揚げの方が美味いよって。それ以来私、シラスは釜揚げしか食べなくなりました」

「俺も。獲れて二十分以内って、漁師でもないと」

そこで入り口の引き戸が開き、お客さんが三人入ってきた。

「いらっしゃいませ。ご一緒ですか?」

邦南《ほうなん》テレビの江差清隆《えさしきよたか》と、沢口秀《さわぐちしゅう》、そして秀の高校の同級生で薬剤師の二本松《にほんまつ》楓《かえで》だった。

「そこで出くわしてさ。最初の一杯は俺の奢《おご》りね」

「すみません」

秀と楓は軽く頭を下げ、江差の隣に並んで腰を下ろした。

「スパークリングワイン、あります？」

まずは楓が尋ねた。

「はい。今日はイタリアのブリッラ！　プロセッコのロゼになります。ロゼですがスッキリ辛口《からくち》で、料理にも合いますよ」

「じゃあ、それ、グラスで」

「私も」

「俺も……って、どうせだから一本開けて。恵さんも一杯どう？」

「ありがとうございます。いただきます」

恵はカウンターにグラスを四つ並べ、冷蔵庫からブリッラ！　プロセッコの瓶《びん》を取り出した。すると江差が手を伸ばした。

「抜こうか」

「ありがとうございます」

瓶を手渡すと、江差は簡単に栓《せん》を抜き、慎重に四つのグラスに注ぎ分けた。

「乾杯！」

四人は軽くグラスを合わせて、薄桃色《うすももいろ》の液体に口をつけた。微発泡《びはっぽう》で酸味がやや強いが、バランスが整っているので呑みやすい。

「お姉さまは相変わらずお忙しいんですか？」

楓の姉の翠《みどり》は東京地検の特別捜査部の検察官だった。

「はい。特に最近、幼児の連れ去り事件が二件続いて、大変みたい」

「まあ」

「事件も流行があるのか知らないけど、似たような事件が続いて起こることがあるらしいです」

「……昔は飛行機の落ちる当たり年ってあったたな」

鳳凰美田のグラスを傾けながら、松太郎が独り言《ひとごと》のように呟《つぶや》いた。

「それ、昭和四十一（一九六六）年のことじゃありませんか？」

江差が耳ざとく聞きつけて言った。

「そこまで詳《くわ》しく覚えてないが、確か立て続けに大きな事故があって、今年は飛行機に乗らない方がいいって、河岸《かし》の連中も騒いでたな」

一九六六年は一年間でなんと七件の航空事故が起き、三百七十九人の方が亡くなった。まさに呪《のろ》われた年だった。その後、自動操縦機能（オートパイロット）の高性能化や、航空管制へのコンピュータの導入などで、格段に安全性が向上した。今では事故件数ははるかに少なく、最も安全な乗り物と言えるだろう。

「それでも今年のお正月みたいな事故が起きるんだから、絶対はないですけどね」

正月の二日に羽田《はねだ》空港で起こった日本航空機と海上保安庁の航空機との衝突事故は、日本航空機の乗客乗員が全員生還した奇跡の脱出劇が世界中でニュースになったが、海上保安庁の乗組員六名のうち、五名が亡くなり、一名は重傷を負った。

楓が壁のホワイトボードを見上げた。

「今日のお勧めは渋《しぶ》いラインナップね」

「分かります？　貝は大人の味なんですよ」

楓はお勧めメニューを見上げ、迷いながら言った。

「ええと、私、釜揚げシラスと、ホタルイカとカブのガーリック炒め」

「私、青柳とトリ貝、お刺身で下さい」

秀が注文すると、楓がからかうように言った。

「急に大人の味に目覚めたじゃない。カレシの影響ですか」

「別にカレシじゃないわよ。たまに一緒にご飯食べに行くだけ」

江差が興味津々《きょうみしんしん》という顔になった。

「沢口さんとご飯行くって、どんな人？」

楓が思わせぶりな目つきになった。

「四十代、イケメン、バツイチ、マスコミ関係」

「俺と変わんないじゃん」

楓も秀も恵も思わず笑《え》みがこぼれた。江差は決してブ男ではないが、イケメンでもない。それに結婚歴もない。

「どんな店に行くの？」

「普通の店。居酒屋とか蕎麦屋《そばや》とかカジュアルイタリアンとか」

「うんと高い店に連れてってもらえばいいのに」

楓が言うと、秀は眉《まゆ》をひそめて首を振った。

「ダメ。私、基本割り勘《かん》だから」

「あら、江差さんには平気で奢ってもらったじゃない」

「身内と親戚《しんせき》は別。江差さん、身内感、半端《はんぱ》ないもん」

「どうせ俺は危険度ゼロですよ。恵さん、青柳のぬたと釜揚げシラス、それとトリ貝の刺身」

江差は苦笑《にがわら》いを浮かべたが、恵は秀は鋭いところを突《つ》いていると思った。

江差は明るくフレンドリーで、とぼけたユーモアがあり、男女を問わず相手に緊張感を抱《いだ》かせない。そこが良いところなのだ。だから女同士の会話にも、すんなり入っていくことが出来る。

唐津《からつ》は逆だ。本人に悪気がなくても、唐津を前にすると、ほとんどの女性は緊張する。その緊張感はフェロモンの一種で、快い緊張感が恋愛感情を喚起《かんき》するのだ。

「ママさん、お勘定《かんじょう》して」

松太郎の声で、恵は思考の森から女将《おかみ》に立ち戻った。

「もうお帰りですか?」

「うん。もう用件は済んだから。また来るよ」

今日松太郎が来たのは、恵にしおりと功の仲立ちを頼みたかったのかもしれない。それが、恵も二人を応援していると知って、大いに安堵《あんど》したのだろう。

「ありがとうございました」

恵は店の外まで松太郎を見送り、カウンターに引き返した。

その間も、江差と秀、楓の会話は弾《はず》んでいた。

「でも、相手の人、結構金持ちなんでしょ。一度、ミシュラン三ツ星の店で奢らせるとか」

「私は割り勘主義なんだってば。どうやって払うのよ。この齢《とし》じゃ、臓器売買しかないじゃない」

楓は笑ったが、江差はスパークリングワインにむせ返った。

「大丈夫ですか」

恵はあわてて新しいおしぼりを手渡し、水を用意した。

「ごめん、ごめん。ちょっと……」

江差は咳《せき》が治まると、水を飲んだ。少し赤らんでいたこめかみのあたりから色が引くと、今度は青ざめているように見えた。

「どうかされたんですか？」

秀が気遣《きづか》うように尋ねた。

「……うん」

江差は秀と楓、恵の顔を見回し、決心したように口を開いた。

「この前、恵さんにベビーリーフ事件のことを話したんだけど、知ってるかな？」

江差が秀と楓の反応を窺《うかが》うと、二人とも大きく頷いた。

「最近、ネットで話題になってます」

続いて楓が言った。

「私の知り合いの看護師、ベビーリーフで働いていたことがあるんです。四年前に退職したんですけど……」

江差が先を続けるように目で促《うなが》した。

「最初は良心的な民間事業者だと思っていたそうです。他の事業者に比べて、確かに斡旋《あっせん》費用が高額だったけど、病院に近い施設で二十四時間体制で保護活動と世話をしているので、仕方ないかと」

ベビーリーフは望まぬ妊娠《にんしん》をした女性を保護し、出産の世話をし、養親と特別養子縁組をして子供を引き渡す活動をしていた。破水《はすい》して担《かつ》ぎ込まれる妊婦もいて、無菌室や分娩《ぶんべん》室も確保しなくてはならず、それにかかる費用は高額だった。

「でも、無償で協力してくれる病院がいくつか名乗り出てくれたので、これで大丈夫と思ったら大間違いで……。結局、寄付とか助成金とか、集めたお金は代表の懐《ふところ》に入っていたんだろうって」

職員や看護師は次々に退職した。そして、彼らは東京都にベビーリーフの不正を訴《うった》え、保護した子供たちの養子縁組の書類を引き継いでほしいと請願《せいがん》した。

都がやっと重い腰を上げて監査に乗り出そうとした矢先、代表は姿をくらました。そして養子縁組で海外に渡った約二百名の赤ん坊の書類も紛失《ふんしつ》していて、まったく消息が摑《つか》めない状態となった。

「江差さんはベビーリーフの取材をなさっているんですか?」

秀の問いに、江差は苦いものを呑み込んだような顔で頷いた。

「何か新しい情報でも?」

「まだ確証はないんだが、一つ」

江差は沈痛《ちんつう》と言ってもいい顔つきになった。

「海外に養子として出された子供たちは、臓器売買が目的で売られたんじゃないかと……」

恵も秀も楓も言葉を失った。

「そんな……。今の日本で、そんなことがあるなんて」

抑《おさ》えようとしても、恵の口からは言葉が溢れた。

「俺だって信じられないよ。いや、信じたくない」

店の中はおでんの湯気《ゆげ》でほのぼのと温かいのに、恵もお客さんの三人も、背中を冷たい手で触《さわ》られたような気がして、思わず首をすくめた。

三人の前には刺身と釜揚げシラスが出されていたが、箸をつけるタイミングを失ったようだ。

「ベビーリーフの代表、富永《とみなが》とかいう男ですよね」

秀が強張《こわば》ったままの顔で尋ねた。

「富永緑朗《ろくろう》。四十歳。二十代からNPO活動を始めて、ベビーリーフを創設する前は、DV被害で家を出た母子が身を寄せるシェルターを運営していた」

「その男が見つかって取り調べられたら、行方《ゆくえ》不明の赤ちゃんの消息も掴めるんですか」

「ある程度までは……。ただ、どう考えても富永一人で出来る犯罪じゃない。海外の組織との橋渡しをした者や、直接の窓口になった人間は、別にいるはずだ」

「知り合いの話によれば、最初の頃は海外の養親との養子縁組も、間に弁護士が入って法律に則《のっと》って手続きしていたそうです。それがいつの間にか簡略化されて、おかしいと思ったって」

恵は「海外の養親との養子縁組」という言葉に違和感を覚えた。終戦後の混乱期は別として、日本人の子供が外国人の養子になる例は稀《まれ》ではないだろうか。

「日本人の家庭は養子のハードルが高いんだ。婿《むこ》養子は別だけど、自分の子供として養子を迎える場合、血縁関係であることが多いんだよ。でも、海外ではこだわらないので……。日本も二〇一九年に特別養子縁組に関する法律が改正されてから、多少は改善されたようだけど」

特別養子縁組制度の場合、養子となる子の実親（生みの親）との法的な親子関係を解消し、養親との間に実子と同じ親子関係を結ぶことが出来る。

「ああ、思い出した」

数年前、愛正園《あいせいえん》で大輝《だいき》と仲の良かった男の子が、子供を亡くした夫婦に養子として迎えられた。あのとき初めて、恵は養子制度には普通養子縁組と特別養子縁組があることを知った。

それにしても雲隠《くもがく》れした富永という代表はいったい？

「海外に高飛びしたんじゃ……」

「いや、それはない。国外に出れば記録が残る」

「日本にいるとして、そんなに長い間隠れていられるのかしら」

「まあ、指名手配されても全国を逃げ回って、時効寸前まで捕《つか》まらなかった例もあるし」

江差が答えると、秀が重ねて尋ねた。

「仲間にかくまわれているんでしょうか」

「それはありだね。臓器売買でどこかの組織とつながりが出来たとしたら……金は持ってるはずだから」

富永は失踪《しっそう》直前、ベビーリーフの銀行口座から億単位の金を引き出していた。

「映画や小説なら、金だけ取られて殺されちゃってるんだけど」

秀はグラスに残ったブリッラ！　プロセッコを呑み干した。

「恵さん、日本酒、何がいい？」

「貝とホタルイカなら鳳凰美田。ガーリック炒めは鯉川《こいかわ》も良いですね。旨味があって切れ味がシャープで、バターを使った料理に合うんですよ」

「じゃあ、私は鳳凰美田にする」

「私、鯉川ね」

楓はホタルイカとカブのガーリック炒めに合わせて、秀とは違う酒を選んだ。

「俺、鳳凰美田一合。おでんになったら澤屋《さわや》まつもとね」

「はい、畏まりました」

三人は日本酒を合いの手に、貝の刺身と釜揚げシラスをつまんでいる。

恵はホタルイカとカブのガーリック炒めを作り始めた。カブとニンニクをオリーブオイルで炒め、酒、塩、和風の顆粒出汁《かりゅうだし》を加えて火が通ったらホタルイカを入れ、醤油とバターを加える。隠し味で鷹《たか》の爪《つめ》を一本。旬《しゅん》の味を組み合わせた一品は、酒の肴《さかな》にぴったりだ。

「お待たせしました」

楓の前に皿を置き、取り皿を二つ添えた。

「ホタルイカって、炒めてもイケるわね」

楓はひと箸口に入れて目尻《めじり》を下げた。

「カブは癖《くせ》がないでしょ。濃厚なホタルイカと合わせても、ぶつからないんですよ」

「深いなあ」

江差が感心したような顔で言って、鳳凰美田のグラスを口元に近づけた。

「男と女にも言えるかも」

江差の言葉で、恵はふと思った。

そういえば、秀さんと唐津さんて、どっちもホタルイカよね。個性強いもの。

改めて秀を見たが、その背後に恋の光は見えなかった。

秀さん、これからどうするつもりなのかしら？

お節介《せっかい》と知りつつ、クールビューティーの秀とバツイチモテ男の唐津のこれからも、気になってしまうのだった。

「いいかしら？」

午後十一時十五分前、お客さんがすべて引き上げ、そろそろ看板にしようと思っていたとき、入り口の引き戸が開いて女性が顔を覗かせた。

「いらっしゃいませ、どうぞ」

特捜検事の二本松翠だった。楓の齢の離れた姉である。

「貸し切りにしますから、ごゆっくりなさって下さい」

恵はカウンターから出ると、店の外に置いた立て看板の電源を切り、入り口に下げた札を裏返して「営業中」を「準備中」に変えた。

「悪いわね」

翠は珍しくカウンターに肘《ひじ》を置き、頬杖《ほおづえ》をついた。検事は激務だから忙しいのは当然として、今日は疲れ切っているようだ。女優顔負けの美貌《びぼう》にも陰《かげ》りが見える。

「お飲み物は何になさいますか？」

「スパークリングワイン、ある？」

「はい。今日はブリッラ！　プロセッコのロゼになります。辛口でスッキリしてますよ」

「じゃ、それ、ボトルで。ママさんも一緒にどう？」

「ありがとうございます。ご馳走《ちそう》になります」

恵がスパークリングワインの用意をする間、翠はぼんやりとカウンターから壁のホワイトボードに視線を彷徨《さまよ》わせた。お通しの大皿料理はほとんど空《から》で、お勧め料理も釜揚げシラス以外は線を引いて消してある。

「すみませんね。売り切ればかりで」

恵はグラスにスパークリングワインを注ぎながら言った。

「ううん、さっぱりしたものが食べたかったから。釜揚げシラス、いただくわ」

翠は恵と乾杯してからグラスを傾け、続けて三口呑んで溜息《ためいき》を漏《も》らした。

「早い時間に楓さんがお見えになったんです。お忙しいそうですね」

「まあね」

「小さい子の連れ去り事件が連続して起こったとか」

翠は眉間《みけん》に皺《しわ》を寄せた。

「それが、妙《みよう》な感じなの」

「は？」

「事件そのものは大きくないのよ。プータローとか学校サボった中学生とかが、公園で遊んでる子に声かけて、どこかに連れて行こうとしたけど、保護者とか通行人に怪《あや》しまれて、未遂《みすい》に終わってる。みんな事情聴取には素直に応じて、暴れたり抵抗したりってこともないんだけど……」

翠はそこで一度口を閉じ、考えを整理するようにグラスを眺めた。

「何か腑《ふ》に落ちないことでも？」

「……そうね。なんか、変なのよ。前にも略取誘拐《りゃくしゅゆうかい》を扱ったことがあるけど、今度の被疑者……っていうか、子供を連れ去ろうとした人たちって、そのときの犯人と全然印象が違うのよね。すごい淡白《たんぱく》なの。正直、子供にあんまり関心ないっていう気がした」

翠はもどかしそうに肩をすくめた。自分の感じた違和感を、具体的に説明するのに苦労しているらしい。

「どういう目的で子供を連れ去ろうとしたんですか？」

「それがよく分からないのよ。みんな、言ってることはほぼ同じ。可愛《かわい》い子だから、ちょっと一緒に散歩したかった……。そんなの、嘘《うそ》に決まってるじゃない。でも彼ら、車も自転車もないから、誘拐と決めつけるのは無理があるのよね」

「かといって、見ず知らずの子供と散歩したがる人間が、急に何人も現れるのも、変ですものね」

恵は釜揚げシラスの器を翠の前に置いた。

「こういうの、気分悪いわ。事件の後ろにモヤモヤしたものがありそうなんだけど、その正体が摑めない」

翠は割り箸を割り、ポン酢醬油《ず》をかけた釜揚げシラスと大根おろしを口に入れた。

「ああ、美味しい」

翠はグラスにブリッラ！ プロセッコを注ぎ足した。

「昔は、疲れたときはステーキや焼き肉でスタミナつけたんだけど、もうダメ。消化不良で胃もたれしちゃう」

翠はおでん鍋《なべ》を覗き込んだ。

「大根とコンニャク、昆布《こんぶ》、牛スジ、葱鮪《ねぎま》、それと筍」

酒と肴で少し気分が晴れたのか、翠の声は張りを取り戻していた。

「ねえ、ママさん、最近あのイケメンの社長、来てる？」

藤原海斗《ふじわらかいと》のことだ。

「はい、たまにお見えになりますよ」

「あ〜あ、どうして今夜来てくれないんだろう。楓が一緒だと邪魔ばっかりでしよ。せっかくのチャンスなのに」

翠は女優並みの美人だが、恋愛遍歴も女優並みの《恋多き女》だった。今は偶然めぐみ食堂で会った海斗に興味を引かれている。

そして妹の楓は姉と正反対で、恋愛にまるで興味がない。美人なのにもったいないと、恵はほんの少し心配になる。

「事件がスッキリ解決すると良いですね」

恵はグラスを顔の横に掲《かか》げてから、スパークリングワインを呑み干した。

「お代わりは？」

秀は首を振った。グレンリベットをストレートで一杯、ギムレットを一杯。食後のアルコールとしては、この程度が適量だ。

店は初老のバーテンダーが一人でやっているカウンターだけのバーで、決して堅苦しくはないが、由緒《ゆいしょ》ありげな雰囲気が漂《ただよ》っていた。場所は銀座《ぎんざ》だが、値段は決して高くない。

「良いお店ですね」

素直に褒《ほ》めると、唐津は嬉しそうに微笑んだ。

「先輩に連れてきてもらって、それ以来。もう十五年くらい通ってるかな」

唐津とは週に一度、担当している番組の放送のない土曜日か日曜日の夜に、一緒に食事に行く。連れて行ってくれる店は和洋中エスニックとバラエティに富んでいたが、どこも美味しくて、値段もリーズナブルだった。少なくとも秀が割り勘で払えるくらいに。

テレビ局の人間だから、話題が豊富で人を飽《あ》きさせない。一緒にいるのは楽しかった。

それでも秀は、ときめきより疑問を感じた。どうして唐津が自分に興味を持ったのか分からない。ボランティアで特定班の活動をしているとはいえ、基本的には専門学校の事務職員でしかない。唐津の周りにはもっと才能豊かで美しい女性がいくらでもいるだろうに。

蓼食《たでく》う虫も好き好きなのだろうか。それとも、周囲にいるきらびやかな女性に食傷《しょくしょう》気味なのだろうか。

「前に国際ロマンス詐欺《さぎ》なんて信じられないって言ってましたよね」

唐突に話題を変えたが、唐津は戸惑《とまど》うこともなく応じた。

「うん。会ったこともない相手に大金を貢《みつ》ぐなんて、普通、あり得ないし」

「私、『源氏物語《げんじものがたり》』も似てると思って」

「どこが？」

唐津は「まさか」と言いたげな顔をした。

「だって、あの時代の貴族の女性って、身内以外の人には姿を見せなかったんでしょ。だから光源氏も他の貴公子も『あの姫は美人で教養も高い』っていう世間の評判を信じて、和歌を贈ったりしてアプローチしたわけでしょ。それで初めて対面するのはベッドインのとき。だから末摘花《すえつむはな》みたいなブスとデキちゃったり」

「でも、あれは詐欺じゃないし」

「会ったこともない相手にときめきを感じるっていう点は、同じだと思うわ」

唐津は苦笑したが、やがて真面目な顔になった。

「そう言えばそうだよなあ。一度も会ったことがないのに、どうして好きになれるのかな」

漠然《ばくぜん》とだが、秀は分かる気がした。

「多分、恋って妄想《もうそう》の産物だからだと思う」

「身も蓋《ふた》もないな」

「でも、間違いじゃないわ。恋は頭の中に湧《わ》き上がった妄想に火をつけること。だから現実を見てがっかりして冷める人もいるし、現実から目を背《そむ》けてこじらせる人もいる」

「じゃあ、恋に落ちるのはどういうわけ？」

「導火線が短いんじゃないかな。点火してすぐ爆発」

唐津は苦笑混じりに訊いた。

「君はもう誰も好きにならないわけ？」

「分からないわ。決めてるわけじゃないから」

「ま、可能性はゼロじゃないってことか」

冗談めかしてはいたが、真摯《しんし》な響《ひび》きが混じっていて、秀は一瞬ドキリとした。

「それにしても君が婚活パワースポットの常連とは、皮肉だよね」

「めぐみ食堂は普通に良い店よ。婚活は関係ないわ」

「しかし、やっぱり持ってるよ、あの店とママさんは。お客さんの成婚率、かなり高いでしょう」

「それは場所の力じゃなくて、恵さんの人柄が大きいんじゃないですか。話してると素直な気持ちになれるっていうか」

そう言って秀は気がついた。めぐみ食堂にいるときの自分は、職場にいるときより、唐津といるときより、もっと素直だ、と。

「そろそろ帰ろうか」

唐津の言葉に秀は頷いた。

二人は店を出て、新橋《しんばし》駅に向かった。時刻は十時少し過ぎ。改札を抜けて山手《やまのて》線《せん》のホームに立つと、電車が滑《すべ》り込んできた。

ドアが開き、乗客が下りてくる。朝のラッシュ時のようなことはないが、新橋駅は乗降客が結構いた。

「この野郎、ふざけやがって！」

ホームに突然、男の怒号《どごう》が響いた。声のする方を見ると、電車から降りてきた乗客が二人、揉《も》み合っていた。大柄《おおがら》で体格のいい男と、背は高いが細身の男だ。傍《かたわ》らで若い女性が立ちすくんでいた。

後ろ姿だが、秀は細身の男が誰か、はっきりと分かった。

「峰岸《みねぎし》く……」

呼びかけようとしたそのとき、体格のいい男が壮介《そうすけ》の顔面にパンチを喰《く》らわせた。壮介は一メートルほど後ろに弾《はじ》き飛ばされて、ホームに大の字に伸びた。

壮介の近くにいた女性が悲鳴を上げた。周囲の乗客も殴《なぐ》った男を凝視《ぎょうし》した。しかし、男は気にする風もなく、傍若無人《ぼうじゃくぶじん》に階段に向かって歩き始めた。

「待ちなさい！」

秀は男の前に立ちはだかった。男も足を止めた。

「逃げられないわよ！　警察を呼ぶわ！」

男は秀を押しのけようとしたが、秀はその腕にしがみついた。しかし、振り払われてホームに尻《しり》もちをついた。

男が二、三歩進んだところで、唐津が横合いから出て、行く手をふさいだ。男は唐津を突き飛ばそうとしたが、反対に腕を取られ、いとも簡単にホームに転がされてそのまま押さえ込まれた。

「駅員さんを呼んで下さい！」

秀の声が終わらないうちに、二、三人の駅員が階段を駆け上がってきて、唐津に代わり男を取り押さえた。

秀は倒れている壮介に駆け寄った。

「峰岸君、しっかりして」

壮介は脳震盪《のうしんとう》を起こしたのか、目を閉じたままぐったりしている。秀はホームに膝《ひざ》をつき、壮介の頭を膝に載せた。若い女性もしゃがみ込んだ。顔は涙でぐしょぐしょに濡《ぬ》れている。

「いったいどうしたんです？」

若い女性は駅員に取り押さえられている男を指さした。

「あ、あの男、電車の中で私に痴漢《ちかん》したんです。私、怖くて声を上げられませんでした。そしたらこの方が気がついて、注意してくれました。それで、あの男が怒って……」

壮介をホームに引きずり出して殴ったということだった。

「すみません。私のために……」

女性は震《ふる》える声で言い、嗚咽《おえつ》した。

「怖い目に遭《あ》いましたね。もう大丈夫です。警察と救急車が来ます」

目を上げると唐津が横に立っていた。

「その人は知り合い？」

「うちの学校の学生。おとなしい子なのよ。可哀想《かわいそう》に」

そして唐津を見上げた。

「強いですね。何かやってるんですか」

「合気道《あいきどう》。親父《おやじ》が師範《しはん》でね。子供の頃から仕方なく」

遠くから救急車とパトカーのサイレンが聞こえてきた。

「唐津さん、ありがとう。先に帰って下さい。私、峰岸君の家族が来るまで付き添います」

唐津は首を振った。

「多分、俺も帰れないな。あの男は暴力事件を起こしてるから、目撃証言も必要になる」

すると、壮介は小さなうめき声を漏らし、ゆっくり目を開けた。

「峰岸君」

秀が呼びかけると、壮介は目の焦点《しょうてん》が合っていないのか、何度か瞬《まばた》きをした。

「……沢口さん？」

秀は頷いて、そっと壮介の頰を撫《な》でた。

「大丈夫よ。もうすぐ救急車が来るわ」

自分に何があったのか、壮介はやっと理解できたようだ。

「すみません」

身を起こそうとするのを、秀は肩を押さえて止めた。

「動かない方が良いわ。頭を打ってるから、じっとしてて」

壮介は片手を額に当てて、口の中でぼやいた。

「……カッコ悪い」

開店早々入ってきたお客さんに、恵は目を見張った。

「あら、いらっしゃい！」

吉武《よしたけ》功と井本《いもと》しおりだった。

「どうぞ、お好きなお席に」

功は「いつかシーちゃんと二人で、この店で呑みたい」と言った。あれから二ヶ月経たないうちに、念願が叶《かな》ったことになる。

「お飲み物は？」

「俺、中生」

「私、レモンハイ下さい」

恵は飲み物を用意しながら言った。

「シーちゃん、お店に来るの初めてよね」

「ええ。父や功さんから、すごく良い店だって聞いて、一度行ってみたくなったの。そしたら功さんが誘ってくれて」

「おじさんがさ、気晴らしに飲みに連れて行ってくれって言うから」

功は嬉しそうに答えた。渡りに船とはこのことだろう。得意そうにカウンターの大皿料理を指さした。

「これ全部、お通し。ええと、今日のメニューは……と」

「モヤシのカレー醬油炒め、新玉ネギとハムのマリネ、カプレーゼ、タラモサラダ、ウズラ卵のウフマヨ」

恵が代わって説明した。

「みんなしゃれてるわ。カプレーゼがきれい」

しおりが声を上げた。トマトとモッツァレラチーズ、バジルの葉を並べると、イタリア国旗の色になる。

「乾杯」

功としおりはグラスを合わせ、恵は大皿料理を盛りつけた。

「これ、みんなおでんと味が被《かぶ》らないように工夫してるのね」

しおりは五品の料理をひと目見て、感心したように言った。

「さすが、主婦目線ね。気がついてもらうと嬉しいわ」

しおりは微笑んだが、わずかに陰が差している。松太郎が功に「気晴らしに連れて行ってくれ」と頼んだのは、気が重くなるようなことがあるのだろう。

「調停は進んでるの？」

「……それがね」

しおりはレモンハイをひと口呑んで、溜息《つ》を吐いた。

「子供の親権を渡さないって、かなり強硬《きようこう》なの」

「でも、離婚の理由は向こうにあるわけだし、勇生君はシーちゃんと一緒にいるし、条件的には有利なんでしょ」

「ええ。でも、とにかく頑固《がんこ》で、うんと言わないの」

するとやや同情のこもった口調で言った。

「三代目にしてみりゃ跡継《あとつ》ぎだし、女将《おかみ》さんには初孫だし、やっぱり愛情があるんだろうな」

すると、しおりはきっとして首を振った。

「違うわ。愛情なんかじゃない。四代目、跡継ぎっていう、それだけが大事なのよ」

しおりはもう一度レモンハイを呷った。

「夫も、義母《はは》も、勇生には愛情がなかった。あの子が生まれてしばらくして、それが分かったときは、愕然《がくぜん》としたわ」

井本勇一《ゆういち》も女将の和子《かずこ》も、勇生を井本の四代目として大切にした。立派な五月人形を買うとか、神社で特別な祝詞《のりと》をあげてもらうとか、七五三の祝いに盛大な会を催《もよお》すとか、そういう儀式めいたことには熱心で、大金をかけた。

「でも、勇生の世話をするとか、一緒に遊んであげるとか、そういうことは一切しなかった。義母は子供は嫌いって公言していて、自分の孫も例外じゃなかったのよ」

しおりは興奮で少し高くなった声のトーンを落とした。

「こっちへ戻ってきて、功さんにバーベキューや遊園地に連れて行ってもらって、勇生は本当に大喜びだった。あの人は子供は苦手《にがて》で、子供と出かけるのが嫌いだった。だから勇生は、父親と遊びに出かけた経験がないのよ」

恵も功も、黙って目を見交《みか》わした。かつて松太郎の話を聞いたときと同じく、重くてやるせない気持ちになった。

「だから、どんなことがあっても勇生をあの人たちには渡さないわ。あんな家で育つのは不幸よ」

「本当にそうね。手遅れにならなくて良かったわ」

しおりが恵を見た。恵は優しく微笑んだ。

「勇生君はこれから、お母さんとお祖父《じい》ちゃん、そして伯父《おじ》さん夫婦や功さんたちの愛情に囲まれて、元気に育っていくわ」

しおりは小さく頷いた。ほんの少し目が潤《うる》んでいた。

「シーちゃん、ここはお勧め料理もイケるんだ。何食べる？」

功が励《はげ》ますように明るい声を上げた。


秀は少し寝不足だったが、気分は良かった。

昨夜は思いがけない事件に巻き込まれたが、痴漢は逮捕された。

壮介は搬送先の病院で検査を受けたが、脳に異常はなく、左の頬が少し腫《は》れた他は、外傷もないらしい。大事を取って二十四時間は経過観察のため入院となったが、明日からは普通に会社にも学校にも通えると、医者は言っていた。

卓上《たくじょう》の電話の内線ランプがついたので受話器を耳に当てると、受付の職員の声が流れた。

「沢口さん、池尻《いけじり》さんという方がご面会です」

「はい、すぐ行きます」

廊下《ろうか》に出ると、受付の前に若い女性が立っていた。すぐに、昨夜痴漢に襲われたところを、壮介に助けられた女性だと分かった。

「昨日は本当にありがとうございました」

女性は丁寧《ていねい》に頭を下げてから、名刺を差し出した。

「私、池尻珠美《たまみ》と言います」

大きな食品会社の社長秘書という肩書だった。

「警察で、沢口さんのお名前とお仕事先をお聞きしました。私を助けて下さった峰岸さんが、こちらの学生だと聞きまして」

秀は壮介に付き添って病院に行ったが、珠美と唐津は事情を説明するために、警察に行った。

「あのう、それで、峰岸さんは？」

「大丈夫です。軽い脳震盪だけで済みました。脳の検査もしましたが、異常なしでした。大きな外傷もありません。明日からは仕事にも学業にも復帰できるそうです」

「ああ、良かった」

珠美は胸を押さえて大きく溜息を吐いた。顔を上げたときは、花が開いたような輝きが宿《やど》っていた。

「あの、また改めてお礼に伺います。今日はこちらを沢口さんと、それから峰岸さんにもお渡し願えますでしょうか」

珠美は菓子折りの袋を二つ、秀に差し出した。

「必ずお渡しします。私にまでお気遣い下さって、ありがとうございます」

秀は小さく頭を下げた。

「いいえ、沢口さんも本当に、カッコ良かったです」

珠美は首と手を一緒に振った。

「お預《あず》かりしたお名刺は、峰岸さんにお渡ししてよろしいですか?」

珠美は再びパッと顔を輝かせた。

「はい！　よろしくお願いします」

大きく頭を下げると、珠美は帰って行った。

秀はその後ろ姿を見送って、心の中で思った。

上品で可愛らしい、感じのいい人。二十三、四歳くらいかな。峰岸君とお似合いかもしれない。

その途端、チクリと胸が痛んだ。しかし、秀はそれに気づかないふりをして自分に言い聞かせた。

絶対お似合いよ！　峰岸君にはピッタリのタイプだわ。

峰岸君のために、私、ひと肌脱いであげよう。峰岸君と珠美さんをめぐみ食堂で会わせるのよ。そうすればきっと恋の花が咲いて、二人は結ばれるわ。幸せなカップルの誕生よ！

秀は菓子折りの袋を握り締めた。


「いらっしゃいませ」

秀と壮介がめぐみ食堂に着いたのは、九時ジャストだった。

「どうぞ、こちらのお席に」

恵はカウンターの隅《すみ》の二席を示し、置いてあった「ご予約席」のプレートを引き上げた。

「お飲み物は如何《どう》しましょう？」

「スパークリングワイン、ある？」

「この前召し上がったロゼになります」

「じゃ、それ、一本開けて下さい」

「沢口さん、いいですよ、もったいない」

壮介は恐縮して片手を振った。

「もしかして、体調悪い？」

「いえ、そんなことはないですけど」

「じゃあ、呑みましょう。快気祝《かいきいわ》いよ」

秀は恵の方を見た。

「良かったら恵さんも一杯やりません？」

「ありがとうございます。何かお祝い事でも？」

「まずは峰岸君の快気祝い」

「あら、どこかお悪かったんですか？」

「名誉の負傷で、一日入院したの。でも、軽症で無事、社会復帰しました」

恵はスパークリングワインを満たしたグラスを二人の前に置いて言った。

「それはご災難《さいなん》でしたね、でも、まずはおめでとうございます」

恵も二人とグラスを合わせ、冷たいスパークリングワインをひと口呑んだ。

「もう一つはね、峰岸君に春が訪れそうなのよ」

「やめて下さいよ、そんなんじゃないですから」

秀は壮介の顔から恵へと視線を移動させた。

「彼はね、日曜の夜、電車で痴漢に遭っている女性を助けたの。相手は峰岸君の倍くらいある大男よ。そいつは次の駅で彼を電車から引きずり下ろして、殴る蹴《け》るの狼藉《ろうぜき》に及んだんだから」

「まあ」

恵の前で壮介は羞恥《しゅうち》のあまり顔を赤らめた。

「やめて下さいって。本当にお恥ずかしい」

「恥ずかしいことなんかないわ。峰岸君は立派よ。君は一人で立ち上がったんだから」

秀は恵の方に身を乗り出した。

「峰岸君が助けた女性が昨日学校を訪ねてきて、お菓子と名刺を置いていったの。どうぞあの方に渡して下さいって。私、ピピッときたわ」

秀は額に左手の人差し指を当てた。

「彼女は峰岸君に惹《ひ》かれてるわ。君の勇気に心を動かされたのよ」

壮介は身の置きどころがなさそうに肩をすくめて身じろぎした。

「違いますよ。僕は助けようとしたけど、殴られて伸びてしまった。みっともないったらないですよ」

「違うってば。あなたは自分より倍もでかい男に立ち向かったのよ。これが勇気でなくて何なの」

秀はややムキになっていた。もう一度秀を見て、恵は目を疑った。その背後には、明るい温かな色の光が灯《とも》っているではないか。見間違いようもない、これは愛の光だ。

「沢口さんの連れの人の方が、よっぽど勇気あるじゃないですか。警察の人に聞いたら、いとも簡単に痴漢を取り押さえたって」

「唐津さんでしょ。あの人、お父さんが合気道の師範で、子供の頃からずっと稽古《けいこ》してたんですって。それなら強いの当たり前じゃない」

「才能があるんですよ。子供の頃からやってたって、ヘタな人はヘタのまんまです。僕、親にピアノを習わされて十年教室に通ったけど、まともに弾《ひ》ける曲、ないですから。正直、見るのもイヤですから」

秀はスパークリングワインを呑み干し、カウンターにグラスを置いた。

「ま、それは置いといて、彼女は峰岸君に好意を持ってる。このチャンスを無駄《むだ》にしちゃダメよ」

秀は手酌《てじゃく》でグラスにスパークリングワインを注いだ。

「今度彼女が学校に来たら、食事に誘うのよ。お店は……そう、この通りのもう少し入り口に近いビルの三階に、こじゃれたウニ料理屋があるから、そこなんかいいと思うわよ」

秀はまたしても恵に話を振った。

「ねえ、恵さん、今は結婚難の時代だから、婚活は早めに始めた方が良いのよね？」

「はい」

恵はしっかりと答えてから、壮介に優しく尋ねた。

「峰岸さんのお気持ちはどうなんでしょう。その女性は好みのタイプですか？」

「正直、その女性の顔をよく覚えていません」

「可愛くて感じのいい人よ」

秀が横から口を出したが、壮介はきっぱりと言った。

「すみません。僕には心に決めた人がいます。だから、その女性とお付き合いすることは出来ません」

「あら……」

秀があんぐりと口を開けた。思ってもいなかったのだろう。
しかし、恵ははっきりと見た。壮介の背後に灯る、明るい温かな色の光を。
その色は秀の背後に灯った光と、同じ色をしていた。

五皿目

危《あや》うし、マンゴー！

ゴールデンウイークが終わると、世間はバカンス気分から日常に戻り、落ち着きを取り戻す。

恵《めぐみ》もいつも通り店を開け、おでんと季節料理とアルコールを提供する日々に戻った。

今日のお勧めは何と言っても初鰹《はつがつお》だ。買い求めたサクは炙《あぶ》っていない刺身《さしみ》用で、そのまま生姜《しょうが》醬油《じょうゆ》で食べても良いし、イタリア風のタタキにしても良い。

イタリア風のタタキとは、タタキにした鰹を切って皿に並べ、みじん切りの赤パプリカと玉ネギ、小口切りにした青ネギをトッピングし、隠し味に醬油を使ったバルサミコ酢のドレッシングをかける。ほんのりニンニクの香るドレッシングは鰹と相性が良く、純和風とはひと味違った美味《おい》しさを楽しめる。

あとは釜揚《かまあ》げシラス。ホタルイカは今月までだ。

季節の野菜は、茹《ゆ》でた空豆《そらまめ》、タラの芽の天ぷら、蕗《ふき》と筍《たけのこ》はおでんに入れた。

本日の大皿料理は、キャベツのコチュ味噌和《みそあ》え、新ジャガの炒《いた》め揚げ、トマトとセロリの中華和え、卵焼き、そしてマンゴーのカナッペ。

新ジャガの炒め揚げは初登場だが、皮付きの新ジャガをニンニクと一緒にたっぷりの油で炒め、塩・胡椒《こしょう》とパセリのみじん切りを振りかけただけの、いたって簡単な料理だ。しかし簡単な料理の方が、新ジャガの美味しさをシンプルに味わえる。

マンゴーのカナッペは、クラッカーにマンゴーとブルーチーズを載せ、ハチミツと粗《あら》びき黒胡椒をかけた、生ハムメロンと同じ系統のおつまみだ。マンゴーの甘さとブルーチーズの塩気が混じり合い、濃厚な美味《うま》さが酒を呼ぶ。

マンゴーは今朝《けさ》、豊洲《とよす》に買い出しに行ったとき、「吉武《よしたけ》」の功《いさお》に勧められた。少し熟成が進みすぎたので格安で売ってくれた。だからとても甘い。その代わり、賞味期限は今日中だ。

開店準備を終えて暖簾《のれん》を出すと、ほどなく最初のお客さんが入ってきた。

「いらっしゃいませ！」

藤原海斗《ふじわらかいと》だった。矢野亮太《やのりょうた》と旧姓日高真帆《ひだかまほ》夫婦があとに続いた。

「お揃《そろ》いで、ようこそ」

真帆を真ん中にして亮太と海斗が席に着いた。

「恵さん、スパークリングワインがあったら、一本開けてくれませんか」

海斗が指を一本立てた。

「はい。今日はサン・パトリニャーノ スタートというイタリアのお酒が入っています。辛口《からくち》で呑《の》みごたえのある味だって、酒屋さんのお勧めでした」

「名前も良いね。日高さんの番組も順調なスタートダッシュを切っているし。恵さんも一緒にどう？」

「はい、ありがとうございます」

恵はカウンターにグラスを四つ置き、スタートの栓《せん》を抜いた。

「乾杯」

四人はグラスを合わせ、黄金色《こがね》の発泡酒《はっぽうしゅ》を味わった。リンゴのような爽《さわ》やかな香りにブドウの甘味、確かな酸味が続き、喉《のど》を流れてゆく。

「ああ、美味しい」

恵は思わず声を漏《も》らした。ひと仕事終えた後の一杯は実に美味い。幸せな気持ちでお通し用の皿を三枚並べ、大皿料理を盛りつけた。

「『コメディー de アカデミー』は毎回楽しませてもらってますけど、先週は特に面白かったですね」

恵は菜箸《さいばし》を動かしながら言うと、海斗が大きく頷《うなず》いた。

「神回でしたよ。これまでで最高の再生回数でした」

海斗はもう一度スタートを呑んでから、感に堪《た》えないように続けた。

「日高さんと鉄平《てっぺい》さんを組ませたら、絶対に面白くなると思っていましたが、まさかこれほどとは思いませんでした。何と言うか、相乗効果ですね。お二人の知識と教養と笑いのセンスが化学反応を起こして、どんどん広がっていく感じです」

真帆は照れ笑いを浮かべて首を振った。

「全部鉄平さんのお陰《かげ》です。あの方の芸の力で、面白くしていただいてるんです。実物の私は、くそ面白くもない学者ですから」

「いや、そんなことないよ」

亮太が口を挟《はさ》んだ。

「真帆さんは元々、面白い要素がいっぱいある人だったんだよ。ただ、僕も含めて周りがそれに気づかないでいたのを、藤原さんの慧眼《けいがん》が見逃《みのが》さなかった。そして鉄平さんという最高の冒険者を送り込んで、未開拓だった才能を開花させた……僕はそう思うよ」

恵も同感だった。

「私もそう思います。真帆さんは学者さんだから、真面目《まじめ》で冗談が通じにくい……っていう先入観があったんですけど、鉄平さんとの遣《や》り取りを拝見して、もう毎回面白くて。真帆さんって、本当はすごくユーモアのセンスのある方だったんだって、初めて分かりました」

「それに最近、日高さんはすごくリラックスして、自然体の感じが良いですね」

海斗も嬉《うれ》しそうに言った。

「やっぱり鉄平さんのお陰です。何て言うか、気心が知れてきた感じで。この人なら何を言っても大丈夫、全部お笑いにしてくれるなって」

そう言いつつ、真帆はマンゴーのカナッペをひと口齧《かじ》って、目を丸くした。

「あらあ、美味しい」

続けてグラスを傾け、溜息《ためいき》を吐《つ》いた。

「ワインにぴったり。おしゃれねえ」

「お宅でも簡単に作れますよ。マンゴーとブルーチーズを切って、クラッカーに載せるだけですから」

すると、亮太が言った。

「それなら僕でも出来そうだな」

「はい、大丈夫ですよ」

「じゃあ今度、作ってあげるよ」

「ホント？　マンゴーとブルーチーズ、買っておくわね」

話がひと区切りついたところで、海斗は壁のホワイトボードを見上げた。

「お勧め料理は、今日は鰹が一押《いちお》しですか」

「はい。生姜醤油でお刺身も美味しいですけど、イタリア風タタキもお勧めです」

「イタリア風でお願いします。お二人も、お好きなものを注文して下さい」

海斗に促《うなが》され、真帆と亮太もホワイトボードを見上げた。

「私、釜揚げシラス」

「僕はふきのとうの天ぷら。どっちも春の名残《なごり》って感じ」

海斗はお勧め料理からおでん鍋《なべ》に目を移した。

「おでんの後のシメ、何かお勧めは？」

「今日は特にありません。いつもの茶飯《ちゃめし》と漬物《つけもの》くらいで」

「それじゃ、トー飯《めし》、予約で」

するといと真帆と亮太も「私も」「僕も」と後に続いた。

トー飯は、おでんの豆腐《とうふ》を茶飯に載せてお茶をかけ、海苔《のり》を散らし山葵《わさび》を添える。海斗はあるおでん屋でそれを食べてファンになり、めぐみ食堂でも注文することが多い。胃に優しく食べやすいので、シメにはお勧めだ。

恵が鰹のイタリア風タタキを作り終え、海斗がスパークリングワインをもう一本注文したところで、新しいお客さんが入ってきた。

「あら、いらっしゃい」

休暇でケニアから帰国している宝井千波《たからいちなみ》だった。

「お一人？」

「うん。彼は今日、同窓会の集まりなの」

腰を下ろした千波に、恵はおしぼりを差し出した。

「今日はサン・パトリニャーノ スタートっていうイタリアのスパークリングワインがあるんですよ」

しかし、千波は首を振った。

「悪いけどお酒、ダメなの。ウーロン茶下さい」

「体調がよろしくないの？」

千波はまた首を振った、嬉しそうに微笑《ほほえ》みながら。

「ううん、逆。子宝《こだから》に恵まれちゃったの」

「まあ！」

思わず声を上げたので、海斗たちもチラリと恵の方を見た。

「それはおめでとうございます」

そしてクスリと思い出し笑いをした。

「妊娠《にんしん》したって言ったら、彼ったら感激して涙ぐんじゃってね。もう、可愛《かわい》いったらないの」

恵にはその光景が目に浮かぶようだった。

千波の夫・宝井純一《じゆんいち》は金も地位も名誉も捨てて、ひたすら病《やまい》に苦しむ人々を救おうとアフリカでの医療活動に身を投じ、ケニアで医者として働いている。まことに立派な人物なのだが、配偶者になる人がその夢に共感してくれるとは限らない。むしろ、裕福で安楽な生活を期待して医者との結婚を望む女性の方が多い中、大きな美容整形外科クリニックの娘である千波が、宝井と行動を共にしたのは、ある意味奇跡に近いかもしれない。

それが十分に分かっているからこそ、宝井は類稀《たぐいまれ》な伴侶《はんりよ》を得たこと、子宝を授《さず》かったことの幸運に、感謝の気持ちが溢《あふ》れ出し、涙ぐんでしまったのだろう。

「良かった、本当に」

「ありがとう」

「やだ、ママまで泣いてどうするのよ」

千波は苦笑し、恵はあわてて割烹着《かつぽうぎ》の袖《そで》を引っ張って、目頭《めがしら》を押さえた。

「病院に行ったら、もう三ヶ月ですって」

「それじゃ、千波さんは日本に残ってご出産されるのね」

「まさか」

千波は心外だという風に眉《まゆ》を吊《つ》り上げた。

「ケニアだって女性は普通に出産してるのよ。当然、私も向こうで産むわ。七月になれば安定期に入るから、飛行機は大丈夫」

「それは……。でも、ご両親はご心配なさってるんじゃ」

「うん。パパもママもうるさいったらないの。『赤ちゃんのお誕生までは日本にいなさい』って。あと、『子供の面倒はお祖父《じい》ちゃんお祖母《ばあ》ちゃんに任せて、ケニアへは一人で行け』とか。バカみたい」

千波は肩をすくめた。しかし、恵は千波の両親の気持ちも理解できた。可愛い孫が、万事便利で安全な日本ではなく、はるかに不便で危険の多い外国で育つのが、心配でたまらないのだろう。

「ケニアの病院には、子育てしながら働いてる女医さんや看護師さんもいるのよ。それなのに私が子供と一緒に日本に残ったら、彼の信用にも関《かか》わるわ」

千波は少しの迷いも見せずに言った。

「病気の人を助けるのが彼の仕事、その彼を支えるのが私の仕事よ。彼の働く場所が、私のホームグラウンドなの」

そして、気負いを感じさせない明るい口調で続けた。

「どんなママ友が出来るか、楽しみだわ」

恵は心底感嘆《かんたん》した。

「千波さん、本当に強くなられましたね」

「よく言われるけど、自分じゃ分からないわ。ただ彼と一緒だと、すごく安心できるの。だからこれからどこの国に行っても、何とかやっていけると思うわ」

そしてマンゴーのカナッペをつまんだ。

「これ、美味しい」

「マンゴーとブルーチーズです」

千波は目を輝かせた。

「知ってる？　ケニアってマンゴーの産地なのよ」

「あら、そうなんですか」

「シーズンになると市場はマンゴー売りがいっぱいよ。他の国のマンゴーより甘くて大きいんですって。これ、帰ったら作ってみるわ」

千波はお通しを食べ終わると、大好物の《スペシャル》を注文した。

「千波さんは《スペシャル》がお気に入りでしたものね」

「そうそう、めぐみ食堂と言えば、やっぱり《スペシャル》よ」

千波は慣れた手つきで骨を解体し、身を外《はず》した。箸《はし》で取りにくい場所は豪快《ごうかい》に齧り取るので、最後はきれいに骨だけが残る。

千波はその後、大根、コンニャク、牛スジ、葱鮪《ねぎま》、つみれを平《たい》らげて、勘定《かんじょう》を頼んだ。

「ああ、美味しかった。帰る前に、また来るわ。今度は彼も一緒に」

「お待ちしています」

滞在時間は一時間に満たなかった。一人で来てアルコールを呑まないと、あっという間に食べ終わってしまう。

カウンターを片付けていると、海斗が尋ねた。

「あの女性、もしかして前にテレビに出演した方？」

「はい。東陽《とうよう》テレビの『ニュース２・０』でここが紹介されたときに。あのときはケニアからリモート出演で」

「母は強し、されど女性も強しだなあ」

海斗は気圧《けお》されたように呟《つぶや》いた。

「結婚前は典型的な《お転婆《てんば》お嬢様《じょうさま》》だったんですけどね」

以前の千波を思い出すと、感慨《かんがい》で胸がいっぱいになる。

「きっと、真帆さんと同じ。環境の影響で人が変わったんじゃなくて、元々備わっていた資質が、環境の変化で花開いたんだと思います」

だから「私を幸せにしてくれる男性」を求めて婚活していた頃の千波は、相手との関係が上手《うま》く進展しなかった。しかし、偶然宝井と出会い、「私がこの人を幸せにしたい」という気持ちに目覚《めざ》めるや、あっという間に二人はゴールインした。そして、まさに幸せな結婚生活を築いている。

「人間って、面白いですね」

しみじみと言うと、海斗は深く頷いた。

それを見ると恵は、いつか海斗も変わるのではないかと、希望的な観測を抱《いだ》いてしまう。少なくとも幼い頃の海斗には、母を慕《した》う気持ちがあったはずだ。母に裏切られて捨てられた経験から、女性全般に対する不信と幻滅が生まれ、広がっていった。もしその経験を克服《こくふく》するような体験をしたならば、失われた信頼感が回復し、女性に対する意識も変わり、素直な関心が復活するのでは……。

そんな日が来て、海斗が愛する女性と結ばれるのは、ちょっと寂しくはあるが、それでも全力で応援しようと、恵は自分に言い聞かせた。

その日の営業も終わりに差しかかった十時半、最後のお客さんを送り出して、そろそろ店仕舞《みせじま》いにしようと思っていたとき、入り口の引き戸が開いた。

「すみません……」

今日はもう看板で……と言いかけて、恵は言葉を呑み込んだ。

「いらっしゃいませ、どうぞ、お好きなお席に」

やってきたのは捜査検事の二本松翠《にほんまつみどり》だった。そのやや険《けわ》しくなった表情から、何か問題を抱《かか》えているのが窺《うかが》われた。

「悪いわね。ちょっと呑んだら、すぐ帰るから」

恵はカウンターから出て、表の立て看板の電源を切り、入り口に下げた「営業中」の札《ふだ》を裏返して「準備中」に変えた。

「さあ、貸し切りにしました。どうぞ気兼ねなくお寛《くつろ》ぎ下さい」

「ありがとう」

翠は素直に言って、カウンターに目を転じた。大皿料理はほとんど売り切れで、ホワイトボードの本日のお勧め料理は、ふきのとうの天ぷらしか残っていなかった。しかし翠は今、揚げ物を食べる気力がなかった。

「すみませんね。売り切れ続出で」

「いいのよ。おでんが食べたかったんだから、十分」

「お飲み物は何にいたしましょう」

「そうねえ……スパークリングワイン、ある？」

「はい。スタートというイタリアのお酒が。呑みやすいけど本格派だって、評判が良いんですよ」

「じゃあそれ、グラスで。良かったらママさんもご一緒にどうぞ」

「はい、ありがとうございます」

恵は中身が半分になったボトルのストッパーを外し、二つのグラスに注《つ》いだ。

翠はグラスを傾けると、一気に半分ほど喉を鳴らして呑んだ。

「あ〜、生き返る」

口元からグラスを離すと、溜息を漏らした。

「おでんは何をお取りしますか」

「ええと、大根、コンニャク、昆布、牛スジ、葱鮪、ロールキャベツ。筍とセリも残ってたら、頂戴《ちょうだい》」

「はい」

一つの皿には盛り切れないので、恵は皿を二つ出した。

「もしかして、これがお夕飯ですか？」

「そうなの。食べそこなっちゃってね」

翠は情けなさそうな声で答えた。

「よろしかったら、シメにトー飯、如何《いかが》ですか」

「何、それ？」

「茶飯におでんのお豆腐を載せて、海苔を散らしてお茶漬《ちゃづ》けにします。お好みで山葵を添えて」

そしてサービスで付け加えた。

「あのイケメン実業家のお客さまの大好物なんですよ」

翠は大げさに眉を吊り上げた。

「それならもらうわ、絶対」

恵は微笑んでから、優しく尋ねた。

「お仕事、山場を迎《むか》えてるんですか」

「五合目ってとこ。でも、多少は進展があったから、これから少しは動き出すと思うわ」

今日、警視庁のある部署にタレコミがあった。ある事件で警察が行方《ゆくえ》を追っている人物が、都内某所《ぼうしょ》に潜《ひそ》んでいるという情報だった。

警視庁のその部署の電話番号を知っていることから、通報者は一般市民ではあり得なかった。すぐに捜査員が現場に急行したが、その直前に逃亡したらしく、すでにもぬけの殻《から》だった。

通報者は件《くだん》の人物の仲間だったが、何らかの理由で袂《たもと》を分かち、裏切ったのだろうというのが捜査本部の見解だった。おそらくは金の分け前を巡るトラブルだろうと。

その情報は今朝、上層部を通じて、連続幼児連れ去り事件の捜査を指揮している翠にも共有された。そのときから翠の頭の中には、モヤモヤしていた事件の輪郭《りんかく》が、明確な形を取り始めていた。しかし、それはまだ仮説でしかない。

熱々の大根を頰張《ほおば》り、冷たいスパークリングワインで舌を冷やすと、翠は肩の力が抜けて、筋肉がほぐれるような気がした。

「ねえ、ママさん、もう何年も前だけど、立て続けに地方の神社で変なイタズラがあったの、知ってる？」

唐突《とうとつ》に訊《き》かれて、恵は首を傾《かし》げた。

「……さあ？」

「賽銭箱《さいせんばこ》の前に油がまかれたり、社務所《しゃむしょ》の裏でボヤが出たりしたのよ」

翠は話しながら、どうして捜査関係者でもない人物の前で、こんな話をしているのだろうと、自分自身を訝《いぶか》った。しかし、恵を相手に誰もいないカウンターの席に座っておでんを食べていると、誰かに背中を押されているかのように、自然と言葉が口から流れ出た。

「嫌がらせですか？　それとも、悪質なイタズラ……愉快犯っていう輩《やから》がいますから」

「普通、そう思うわよね。誰も得しないんだから。ただ、公安の方じゃ、別の見方をしてるらしい」

翠の言う公安とは警視庁公安部のことで、一般的な刑事事件や交通事故ではなく、テロ、政治犯罪、学生運動、外国による対日工作など、日本全体の治安や国家体制に影響を及ぼす可能性のある事案を扱っている。

「シミュレーションじゃないかっていうの。一般的な日本の地方都市では、異変が起こったとき、どういう対応をするか。……周囲の住人は事件発生からどのくらいで気がついて、どのくらいの人数が駆けつけて、警察はどのくらいの人員を投入して、どういう捜査をするのか。それを調べてたんじゃないかって」

恵は聞いていて恐ろしくなった。

「ま、公安は見立《みた》てありきだから、我々とは見解が違うけどね」

翠は軽く笑って、空になったグラスを差し出した。

「お代わり下さい」

だが、今朝、タレコミ情報の件を聞いたとき、翠の頭に何の脈絡《みゃくらく》もなく、この一連の記憶が甦《よみがえ》った。

シミュレーション……。もしかしたら？

停滞していた連続幼児連れ去り事件の捜査方針が、翠の中で動き始めた。

その日は日曜日だった。

恵はゆっくり朝寝をして十時頃に起き出し、BGM代わりにテレビを点《つ》けて、のんびり身支度《みじたく》をしてコーヒーを淹《い》れた。売れ残りのおでんを温め、賞味期限ぎりぎりのマンゴーを切って、朝昼兼帯《けんたい》のブランチを食べた。

新聞を広げてテレビ欄をチェックしようとしたそのとき、スマートフォンが鳴った。画面を見ると吉武功からだ。

「こんにちは……」

挨拶《あいさつ》が終わらないうちに、功の声が耳に飛び込んできた。

「休みの日にごめん。実は、勇生《ゆうき》君がいなくなっちゃったんだ。恵さん、何か心当たりない？」

いきなり言われて、恵はすっかり面喰《めんく》らった。

「ちょ、ちょっと待って。どういうこと？」

「あ、ごめん。午前中、勇生君と佃《つくだ》公園に遊びに行って、シーちゃんが知り合いと話しててちょっと目を離した隙《すき》に、いなくなったんだ。公園にいた子供たちに聞いても、分からないって。それであちこち探したんだけど、見つからなくて。うちにも連絡があって、俺《おれ》も一緒に探したんだけど、いないんだ」

小野《おの》家と吉武家は佃にあるマンションに住んでいる。リバーシティ21の高層マンションではなく、元々住んでいた住宅地に建てられたマンションに、等価交換の形で引っ越したらしい。

佃には昔ながらの神社が二ヶ所あり、その他に公園、児童館、小学校、中学校と、子供が遊べる場所がいくつもある。隅田川《すみだがわ》沿いの遊歩道も人気の散策スポットだ。

小野家からはしおりと松太郎《まつたろう》、松也《まつや》が勇生を探し、途中から功も加わったが、勇生を見つけられないという。

「恵さん、元は有名な占い師だったんだよね。だから、恵さんに聞けば何か手がかりが見つかるかもしれないと思って」

功の声には「溺《おぼ》れる者は藁《わら》をも掴《つか》む」必死さがこもっていて、無下《むげ》に「そんなこと分かるわけないでしょ」と断れない気持ちにさせられた。すると不意に、二本松翠が捜査中の「連続幼児連れ去り事件」が頭をよぎった。

「あのね、あるお客さまから聞いたんだけど、今、都内で子供を連れ去る事件がいくつも起こってるんですって」

スマートフォンを通して、功が息を呑む気配が伝わった。

「身代金《みのしろきん》目的じゃなくて、ただ子供を連れ回しただけで、すぐ捕《つか》まってるそうなんだけど」

「あの、でも、それって誘拐《ゆうかい》だよね」

「ええ。だからとにかく、すぐに警察に連絡した方がいいわ」

「うん、分かった」

「それと、私、勇生君が遊んでた公園に行くわ」

「え、来てくれるの？」

功が上ずった声を出した。

「お役に立てるかどうか分からないけど、現場に行けば、何か気がつくかもしれないから、行ってみます」

「ありがとう！　すごく助かるよ。着いたら連絡して」

功は通話を切った。恵は表示の消えたスマートフォンの画面を、じっと眺《なが》めた。

果たして勇生の身に、何が起きたのだろう？

佃公園は、東京メトロ有楽町線《ゆうらくちょうせん》の月島《つきしま》駅を降りて徒歩十分ほどの公園だ。公園内には滑《すべ》り台《だい》、ブランコ、シーソー等の幼児用遊具がある。桜並木もあり、春には花見客も大勢訪れるというが、今も佃堀に釣《つ》り糸を垂《た》れる人が数人、犬の散歩やジョギング、ウォーキングを楽しむ人の姿もある。

「ここで無理やり子供を連れ去るのは難しいわ。人目が多すぎる」

恵は、公園内を見回して言った。

「そうなんです。だから私も安心して、ちょっと目を離してしまったんですけど……」

しおりは途中で声を詰まらせ、ハンカチで口元を押さえた。交番に勇生のことを届け出て、そのまま公園に駆けつけたのだった。

公園には親子連れで来ている人も数組いた。見ていると親同士も知り合いらしい。これならちょっと目を離したり、傍《そば》を離れたりしても、ある程度安心だろう。

「勇生君は、これまで知らない人について行ったりしたことは？」

しおりは激しく首を振った。

「こういう時代だから、知らない人にはついていかないように、しつこく言ってるの。お母さんが事故だとか、珍しいプラモデルがあるとか、可愛い子猫を見せてあげるとか、そういうのは全部嘘《うそ》だから、信じちゃいけないって。うちだけじゃなくて、保育園でもそういう注意はしてるの。だから、まさか誘拐なんて……」

しおりは不安そうに目を泳がせた。

「でも、都内で子供の連れ去り事件がいくつも起きてるなんて知らなかった。もし、そういうことなら……」

「まだそうと決まったわけじゃないよ」

功はいたわるように言って、恵に目で合図した。恵も黙って頷いた。

恵はもう一度、注意深く四方を見回した。深呼吸を繰り返し、全身でこの公園に漂《ただよ》う空気を感じようと努《つと》めた。しかし、この場から邪気《じゃき》を感じ取ることは出来なかった。

「……連れ去りじゃないのかもしれない」

恵は小さく呟いた。事件でないとすると、一人で公園から出ていって、迷子になったのだろうか。その場合も、事故の可能性は排除できない。

「シーちゃん、とりあえず一度うちへ帰んなよ。何か分かったら警察から連絡があるんだから」

功は熱心に勧めた。

「俺、町内会に頼んで拡声器のついた車、出してもらうよ。勇生君に似た子供を見かけたら連絡して下さいって、町内に流して回る」

しおりがパッと顔を上げた。

「お願い出来る？」

「任しとけって」

認知症の老人が徘徊《はいかい》して行方不明になったときなど、警察や区役所の車が「見かけた方はお知らせ下さい」と拡声器で音声を流しながら、市街を走ることが稀にある。功はそれをするつもりなのだ。

「五歳の男の子。身長百十センチ、痩せ形。黄緑色のトレーナーに明るいグレーのズボン、紺《こん》の線の入った白いスニーカー。これで合ってる？」

しおりは何度も頷いた。交番に届けに行ったとき、しおりが勇生の特徴と服装を話したのを、功は記憶していたのだろう。

「私、シーちゃんと一緒にお宅に伺うわ」

恵は功としおりの双方に言った。

「勇生君の身の周りの品に直接触れれば、何か分かるかもしれない」

昔のような大きな力は失ってしまったが、今も小さな力が残っていて、目に見えないものが見えることがある。そして新たに授かった、人と人とのご縁《えん》が見える力も。

「ありがとう。頼んだよ。それじゃあ」

功は片手を振って、二人と別れて歩き出した。

「シーちゃん、お宅に案内してくれる？」

「はい」

しおりは功とは反対の方向に足を踏み出した。ほんの少し、落ち着きを取り戻したように感じられた。

「恵さん、わざわざ来てもらってありがとう。悪いね」

マンションの部屋に入ると、松太郎が玄関口で頭を下げた。

リビングに通されて応接セットのソファに座ると、松也の妻の千恵美《ちえみ》がお茶を運んできた。一緒にくっついてきた可愛らしい女の子が、娘の桃香《ももか》だろう。

「邪魔しちゃダメよ。恵先生は大事なお仕事でいらしたんだから」

千恵美は物珍しげに恵のそばに寄ろうとする桃香をたしなめて、別室に下がった。

入れ違いに、両手に衣類や布製のカバンを抱えたしおりが入ってきた。

「これがあの子の服と、保育園で使っているものです」

応接テーブルの上に、服とカバンの中身を出して並べた。

恵は一つ一つ手に取って、神経を集中して気配を感じ取ろうとしたが、ダメだった。何かの念が籠《こも》っているようには思われない。

「ごめんなさい。お役に立てなくて」

松太郎は首を振った。

「いや、逆だよ、恵さん。何も感じなかったということは、あの子に邪《よこしま》な思いがとりついてないってことだ。かえって安心したよ」

気を遣《つか》って心にもないことを言っているわけではなかった。松太郎は現役占い師時代の恵の評判を、おぼろげながらも覚えているので、信頼を寄せているのだった。

「ご町内の皆さま、日曜日にお騒がせいたしますことを、お許し下さい……」

そのとき、窓の外から拡声器の声が聞こえてきた。

「功さんだわ」

しおりがパッと顔を輝かせた。

「本日正午前、佃公園で遊んでいた五歳の男の子が行方不明になっております。どうぞ、ご協力下さい」

続いて勇生の外見の特徴と、失踪《しっそう》当時の服装が告げられた。車は極力スピードを落として走っているのだろう。音の大きさと速さの変化はごく緩《ゆる》やかで、聞き取りやすかった。

「見かけた方は、どうぞ声をかけて、保護をお願いします。そして、必ず警察にご一報下さい」

音声はやがて小さくなり、聞こえなくなった。しおりはハンカチで目頭を押さえた。

「功さんは、よくやってくれますね」

恵が言うと、松太郎が答えた。

「ああ。頼りになる奴《やつ》だ」

そのとき、しおりのポケットの中で、スマートフォンが鳴った。あわてて手に取ると、しおりは目を見開いた。

「警察よ」

松太郎と恵に告げてから、スマートフォンを耳に当てて応答した。

「……はい。え？　はい、その通りです。……何ですって⁉」

しおりの表情が困惑《こんわく》から驚愕《きょうがく》に変わった。それから早口の遣り取りが続き、通話を終えたとき、しおりは怒りと興奮で目を吊り上げていた。

「井本《いもと》が強盗《ごうとう》に襲《おそ》われて病院に担《かつ》ぎ込まれたんですって」

井本勇一《ゆういち》は離婚調停中のしおりの夫だ。

「だが、何だってうちに連絡が来るんだ？」

松太郎が不審もあらわに尋ねた。

「勇生を誘拐したのは、井本だったのよ！」

しおりが怒気《どき》を含んだ声で言い放った。

「あの子を車に乗せて、ドライブしてたんですって。途中でコンビニの駐車場に車を停めて、買い物後に戻って車に乗ろうとしたら、いきなり後ろから殴《なぐ》られ、気絶して、キーごと車を奪われたって。後部座席に乗っていた勇生も一緒に」

しおりは怒りのあまり唇《くちびる》をわななかせた。

「あの疫病神《やくびょうがみ》！　なんてことしてくれたの！」

恵は努めて感情を抑えた声で尋ねた。

「それで、警察は何と言ってるんですか？」

「出来ればお二人から詳しい事情を伺いたいので、病院に来て下さいって」

しおりは吐《は》き捨てるように言った。

「まっぴらだわ！　今さら話すことなんか、何もない」

恵はもう一度、ゆっくりとしおりに言った。

「井本さんは、勇生君と一緒にいた一番最後の人物になります。その情報は貴重です。車ごと勇生君をさらったのがどういう人間か、井本さんが知っているんです」

恵の言葉で、しおりはハッと我に返った。

「井本さんの情報次第で、事件解決までの時間が短くなる可能性があります。だから、上手く情報を引き出すためにも、シーちゃんの協力が必要だと思います」

松太郎がしおりを見た。

「恵さんの言う通りだ。警察に話しにくいことでも、お前になら話すかもしれない。その中に犯人の手がかりがあったら……」

「分かった。お父さん、私、病院に行ってくる」

しおりは意気込んで立ち上がった。一秒も無駄にしたくない気持ちの表れだろう。

そのとき、松太郎が恵に向かって頭を下げた。

「恵さん、まことに申し訳ないが、しおりに付き添って、一緒に病院に行ってやってくれないか」

「お父さん、そんな、ご迷惑よ」

「重々承知よ。だが、今は勇生の命がかかってるんだ」

松太郎は、今度はしおりに諭《さと》すように言った。

「当事者二人きりだと、つい興奮して言わずもがなのことを言っちまうかもしれない。それでせっかくの情報が引き出せなかったら事だ。本当は俺が付き添えばいいんだが、俺が一緒だと、向こうもかえって頑《かたく》なになるだろう。だから……」

「分かりました」

恵も立ち上がった。とても断ることは出来ない。勇生の命がかかっているのだから。

「病院はどちらですか？」

「慈恵大《じけいだい》病院」

場所は港区西新橋《にししんばし》。

「車の方が早い。送っていく」

松太郎も立ち上がった。

東京慈恵会医科大学附属病院は総合病院で、救急患者を受け入れている。井本勇一はコンビニの駐車場で血だらけになって倒れていたところを、通行人の通報で救急車が駆けつけ、救急搬送されたのだった。

しおりと恵が駆けつけたとき、勇一は救急処置室のベッドに寝かされていた。応急処置は済んで、これから必要な検査を行うという。

「多分バールだと思いますが、金属の棒《ぼう》で頭を殴られて、五針も縫《ぬ》う裂傷《れっしょう》を負っていました」

治療に当たった外科医が怪我《けが》の状態を説明してくれた。

ベッドに仰臥《ぎょうが》した井本は憔悴《しょうすい》し切った顔で、目を閉じていた。頭は白いガーゼで覆《おお》われ、ネットを被《かぶ》せられている。見るからに痛々《いたいた》しい有様《ありさま》で、理由はともあれ恵は同情した。

ベッドの周囲はカーテンで仕切られ、何脚か置かれたパイプ椅子《いす》には捜査員が一人座り、もう一人が背後に立っていた。しおりと恵は捜査員から椅子を勧められた。

「井本さん、奥さんがお見えになりましたよ」

捜査員が声をかけると、井本はうっすらと目を開けた。しおりの隣に腰かけている恵を見て、目に不審の色を浮かべた。

「こちらは保育園の園長先生。勇生のことを心配して、一緒に来て下さったの」

「玉坂《たまさか》と申します。このたびはとんだご災難《さいなん》で、お気の毒なことでございました」

恵は話を合わせて殊勝《しゅしょう》に挨拶した。井本も目礼《もくれい》を返した。

「それでは、もう一度お話を伺わせて下さい」

捜査員に促されて、井本は口を開いた。

「勇生に会いたくなって、車で佃に行きました。あの公園で勇生に会ったのは、本当に偶然です。ほぼ半年ぶりでした。声をかけると、勇生も喜んで走ってきました……」

井本が「長いこと会えなくてごめんな。久しぶりだから、好きなもの買ってあげるよ。何が欲しい？」と尋ねると、勇生はゲーム機の名を告げた。

「分かった。じゃあ、これから一緒に買いに行こうか」

勇生は喜んで車に乗った。そして……。

「飲み物を買いにコンビニに寄りました。ほんの二、三分で済むので、勇生は車に置いて行きました。店を出て、駐車場に停めた車のドアを開けようとしたら……」

いきなり後ろから頭を殴られ、井本は意識を失い、昏倒《こんとう》した。気がついたときには救急車の中だった。

「正直、犯人の顔は見ていません。だから人相も服装も、男か女かさえ分からないんです」

捜査員もその点は何度も確認したらしい。井本の供述《きょうじゅつ》に質問をさし挟むことがなかった。

「ご主人の車はホンダのシビックで、車体は白。現在、コンビニ周辺から防犯カメラでその車の行方を追っています」

現在の捜査状況を説明した後、捜査員二人は席を外した。

しおりは固い表情のまま井本に尋ねた。

「家には連絡したの？」

井本は首を振った。

「今、お袋に来てもらっても仕方ない。検査が全部終わったら連絡するよ」

しおりは少し声を落とした。

「本当に、買い物するだけで良かったの？　本当は、そのまま井本の家に連れて行くつもりだったんじゃないの？」

「お袋はそう言ったけどね」

井本は苦しそうに顔を歪《ゆが》めた。

恵はその顔を見て、井本は気の弱い人間だけれど、決して邪な心の持ち主ではないと分かった。意地悪をしたり、人を陥《おとしい》れたり、傷つけたりする人間ではない。

ただ、強い者には逆らえない。井本の場合は、おそらく母親に。

「日本は単独親権だから、同居している親が親権者になる確率が高い……多くは母親だけど。でも、勇生を井本の家に連れて帰って、同居の実績を作れば、父親が親権者になれるって、そういう理屈さ」

「それで、あなたはお義母《かあ》さんに言われて、勇生を連れ戻しに来たのね」

井本は悲しげに視線を宙《ちゅう》に彷徨《さまよ》わせた。

「お袋はそのつもりだったけど、俺は……そこまで思っていなかった。もう、そんな気力がなくてね。久しぶりに勇生に会えれば、それで良かった」

そこでハッと気がついたように、口調が変わった。

「勇生は？」

「今、警察が探しています」

しおりに代わって恵が答えた。

「井本さん、一つだけ教えていただけませんか？」

井本は戸惑《とまど》ったような顔をした。こんな深刻な場面で、何の関係もない赤の他人が口を挟むのが、納得できないのだろう。

「とても大事なことなんです」

井本は不承不承《ふしょうぶしょう》頷いた。

「お母さまはどうして、勇生君を連れ戻したいとお考えなのでしょう。普通に考えれば、早く離婚して、お母さまの意に適《かな》った女性と再婚して跡継《あとつ》ぎをもうけた方が、上手くいくように思うのですが」

しおりも初めて気がついたように、井本を見直した。

「……そうよね。別に勇生にこだわらなくてもいいんだわ。あなたはまだ若いんだし」

井本は少し迷っていたが、やがて諦《あきら》めたように口を開いた。

「先月、前立腺癌《ぜんりつせんがん》が見つかった」

しおりも恵もハッと息を呑んだ。

「まだ初期段階で、治療すれば心配ないと言われた」

井本は毎年四月に、人間ドックで精密検査を受けていた。

「ただ、治療を受けると生殖《せいしょく》機能が低下する。もう子供は作れないかもしれない。それで、お袋は焦《あせ》ったんだ」

しおりは黙って俯《うつむ》いた。かけるべき言葉が見つからない様子だった。しかし、井本は淡々とした口調で先を続けた。

「俺は正直、血の繋《つな》がった子に店を継がせる、というのは反対だ。料理は一代限りで、息子だからって親父《おやじ》の才能をそっくり受け継げるわけじゃない。俺は身を以《もっ》て痛感したよ」

やや自嘲《じちょう》めいた口調だった。

「『井本』が評判を落とさずにいられるのは、親父に薫陶《くんとう》を受けた料理人が頑張ってくれているからだ。親父が生きていたら、三代目は弟子《でし》の誰かに譲《ゆず》ったと思う。……少なくとも俺じゃない」

「そうでしょうか」

恵の声は穏《おだ》やかだったが、どこか厳然《げんぜん》とした響《ひび》きがあった。井本もしおりも、驚いたような顔で恵を見返した。

「お店には看板が必要です。小さな店だって看板なしじゃ困ります。『井本』さんみたいに大きなお店なら、なおさらですよ」

恵は優しく、諭《さと》すように語りかけた。

「三代目はお店の看板です。井本さんはご自身を、亡くなったお父さまのお弟子さんに担がれてるだけの、お神輿《みこし》だと思っているのかもしれません。でも、腕の良い料理人が独立せずに井本さんの下で働いているのは、支えるに足る看板だと思っているからじゃありませんか」

井本はすがるような目で恵を見返した。店を継ぐ前から天才と謳《うた》われた父を失い、常に父の名声と比べられながら料亭《りょうてい》井本の看板を背負ってきた重圧が、その眼差《まなざ》しに現れているようだった。

「井本さん、早くお身体《からだ》を治して、新しいご縁を見つけて下さい」

恵は井本の目を見返して続けた。

「残念ながら、しおりさんとのご縁はつながりませんでした。でも、井本さんとご縁のある女性は必ずいます。その方と結ばれて、お二人で新しい幸せを摑んで下さい」

井本は目を潤《うる》ませて、小さく頷いた。

恵の隣で、しおりも小さく頷いた。その表情からは、警察から電話を受けたときの険しさは消え、同情だけが残っていた。

白いホンダのシビックが赤信号で停車した。

隣の車線の斜め後ろにつけた車は、機動捜査隊の覆面《ふくめん》パトカーだった。捜査員は素早くナンバーを確認し、無線のスイッチをオンにした。

「手配車発見。場所は港区六本木三ー△ー□。追尾《ついび》します」

連絡を受けた警視庁は、すぐに付近の覆面パトカーに通報し、所轄《しょかつ》にも応援を要《よう》請《せい》した。

五分もしないうちに、機動捜査隊の覆面パトカーが三台、シビックの至近距離に迫った。三台は一斉に助手席の窓を開き、車体の上にパトライトをつけて点滅させた。

シビックを運転していた男はいきなり覆面パトカーに囲まれて動揺した。おまけにパトカーのサイレン音も聞こえてきた。それも一台や二台ではない。

男はパニックを起こし、アクセルを踏み込んだ。しかしハンドルを切りそこねて、ガードレールにぶつかって対向車線にはみ出した。そのまま走ってきた車に接触し、スピンして停止した。

しおりのスマートフォンが鳴った。警察からだった。あわてて応答すると、捜査員の声が耳に飛び込んだ。

「勇生君、保護されました！　無事です！」

しおりは膝《ひざ》から力が抜け、へなへなと床にくずおれた。功が助け起こしたが、まともに話が出来る状態ではなかった。

恵はしおりの手からスマートフォンを取って耳に当てた。

「……広尾《ひろお》の日赤医療センターに運ばれました。詳《くわ》しいことは検査の結果待ちですが、医師の話では目立った外傷はないそうです」

「これから、すぐに伺います」

恵はスマートフォンをしおりに返し、功を見た。功は万事心得たとばかりに、力強く頷いた。

「それじゃ、私はこれで失礼します」

恵は肩の荷を下ろした気持ちで微笑んだ。

取調室に入ってきた男は薄汚《うすよご》れて、疲れ切った様子だった。表情には覇気《はき》がない。昔の写真とはまるで別人だが、指紋《しもん》照合その他の結果、本人であることは間違いなかった。

二本松翠は背筋を伸ばし、射貫《いぬ》くように相手の目を見据《みす》えた。

「氏名は？」

「富永禄朗《とみながろくろう》」

「ベビーリーフ」の元代表だ。約二百名の赤ん坊を海外に養子に出したはずなのに、関係書類が紛失《ふんしつ》して、消息不明になっている。海外養子縁組は口実で、本当は臓器売買が目的ではなかったかという情報もある。

その黒幕？　いや、違う。この男はただの〝雇《やと》われ店長〟にすぎない。

翠は頭の中で素早く考えを整理した。

「幼児誘拐なんて、ずいぶんヘタを打ったもんですね」

「……違います。子供が乗ってるなんて、知らなかったんです。私はただ車が必要だっただけです」

翠は黙って話の続きを促した。

焦る必要はない。訊きたいことはたっぷりあるが、時間もたっぷりある。まずは言いたいことを全部言わせてからにしよう。

豊洲市場《しじよう》の店舗は、観光客相手の店以外は、ほとんど昼過ぎで閉まる。つまもの屋の吉武も鰹節《かつおぶし》屋のおの松も、営業は十二時までだった。

その日、しおりは功をランチに誘った。

「今日は奢《おご》らせて。色々お世話になったから」

「イヤだなあ、気にすんなよ。それにシーちゃんに奢ってもらったら、カッコつかねえよ」

「いいじゃない、たまには」

しおりが功を連れて行った「龍寿司《りゅうずし》」は、豊洲市場の管理施設棟の三階にある。築地《つきじ》時代から営業している老舗《しにせ》で、お客さんは市場関係者が多く、マグロの仲卸《なかおろし》にも常連がいる。つまり味は一流だ。営業時間は朝の六時半から昼の二時まで。

二人はカウンターの席に座ってビールを頼んだ。つまみは旬《しゅん》の鯵《あじ》と鰹とアオリイカを頼んだ。

「あのねえ、聞いてほしいことがあるの」

小皿に醤油を注《そそ》いで、しおりが言った。

「勇生のことなんだけど……」

「うん」

「私ね、離婚してからも、父親とは面会させようと思うの」

「それは良いと思うよ。離婚したって、父親と母親に変わりはないんだから」

功の屈託《くったく》のない答えを聞いて、しおりはホッとした顔になった。

「それでね、もし将来、勇生が料理人を目指すと言うなら、井本で修業させるのもありかもしれないと思ったの」

功はちょっと意外な気がした。しおりは「坊主《ぼうず》憎けりゃ袈裟《けさ》まで」のように、井本母子のみならず、料亭井本まで嫌悪しているように思っていたからだ。

「確かに、前はそうだったわ。でも、病院で恵さんがあの人と話してるのを聞いて、少し考えが変わったの。料亭井本はあの人とお義母さんのものじゃない。亡くなった先代、先々代、それ以外にも沢山《たくさん》の人たちが守ってきたお店なんだって。もし勇生がその人たちの輪の中に入りたいという気持ちになったら、応援してあげようって」

功にはしおりの言いたいことが、すとんと胸に落ちた。功の家もしおりの家も、三代前からの家業を引き継いでいるのだ。

「あの人は、先代が亡くなってからずっとプレッシャーを感じて、自信を失ってるみたいだった。でも、井本の跡取りに生まれて、その家の中で育ったって、他には代え難《がた》いアドバンテージだと思う。だから自信を取り戻して、頑張ってもらいたい」

功は大らかな笑《え》みを浮かべた。

「シーちゃん、大人になったね」

しおりも明るい笑顔で答えた。

「功さんのお陰よ」

功は胸の想いを抑えつけるようにビールを呷《あお》ると、板前《いたまえ》に言った。

「握って下さい。ええと、まずは白身……」

土曜の夕方、恵はいつものように店を開けた。暖かな外気に、恵は嬉しいような、悲しいような気持ちになった。

これからどんどん夏が近づいてくる。おでん屋には寒い季節の到来だ……。

そんな感傷に浸《ひた》る間もなく、開店早々お客さんが入ってきた。

「いらっしゃいませ」

沢口《さわぐち》秀《しゅう》と唐津《からつ》旭《あさひ》だった。

「スパークリングワイン、ある?」

開口一番、唐津が言った。

「はい。イタリアのスタートが」

「幸先《さいさき》のいい名前だな。景気づけに一本開けて下さい」

恵が冷蔵庫からスタートの瓶《びん》を取り出すと、唐津が続けた。

「良かったらママさんも一緒にどうぞ」

「ありがとうございます。いただきます」

恵はグラスを三つ並べ、スタートを注いだ。

「乾杯」

軽くグラスを合わせると、唐津は言葉通り、景気よく一気に呑み干した。

「さて、と」

唐津はカウンターにグラスを置くと、半身を秀の方に向けた。

「沢口さん、結婚して下さい」

恵は狼狽《うろた》えて思わずあちこちを見回した。まるで自分がプライベートな空間に踏み込んでしまったような、身の置きどころのない気持ちになった。

一方の秀は、まるで予期していたかのように動じずに言った。

「突然ですね」

「どこが？　もう三ヶ月も一緒に飯食ってるんだ。そろそろ来ると思ってたんじゃない」

秀は苦笑《にがわら》いを浮かべた。

「唐津さんって、物好きですね。もっとタイプの女性がいっぱいいると思うけど」

「俺は酒も女も甘いのは苦手でね。辛口が好きなんだ。君は酒にたとえれば剣菱《けんびし》だな。超辛口で呑み飽《あ》きない」

秀は一瞬、「剣菱ってどんな味？　呑んだことあったっけ？」と考えた。

恵はカウンターの中で、「うち、剣菱置いてないわ。どうしよう」と狼狽えた。

そのとき、勢いよく入り口の引き戸が開いた。

「……沢口さん」

飛び込んできたのは峰岸壮介《みねぎしそうすけ》だった。岡村《おかむら》学園から走ってきたのか、息を切らしている。

「峰岸君、どうしたの？」

壮介は大きく深呼吸してから、声を絞《しぼ》り出した。

「六月二十一日が、合格発表です」

「公認会計士試験よね」

「はい。もし合格したら、僕と結婚して下さい！」

恵はあまりのことに両手で口を押さえたが、唐津は余裕たっぷりの顔つきで、グラスにスタートを注いだ。

「不合格なら、結婚しないの？」

秀がピシリと鞭《むち》を打つように言った。

壮介はびっくりして、咄嗟《とっさ》に言葉が出てこないようだった。

「あ、あの、それは……」

秀は椅子から立ち上がり、壮介と向き合った。

「あなたはご両親とお兄さんのためにも、事務所で働く税理士さんのためにも、絶対に合格しないといけないのよ。今年合格できなかったら来年、来年もダメだったら再来年《さらいねん》を目指して、頑張るのよ。そうでしょう？」

壮介は呆気《あっけ》にとられつつも、素直に頷いた。

「はい。頑張ります」

「だから私も、頑張ってあなたを応援したい」

秀は一歩前に踏み出した。

「私と結婚して下さい」

恵は「うっそー！」と叫びそうになったが、唐津は苦笑いを浮かべて二人の様子を眺めていた。

「あ、あの、いいんですか？」

壮介はなぜか一歩後ずさっていた。

「はい。私は壮介さんと一緒に生きていきたいです」

壮介の目から涙が溢れた。

「ありがとうございます。本当にありがとうございます」

壮介はぺこぺこと何度も頭を下げた。恵は久しぶりに「米つきバッタ」という比喩《ひゆ》を思い出した。

突然、唐津が拍手《はくしゅ》した。よく響く音に、秀が振り向いた。

「おめでとう」

唐津は秀に向かってグラスを掲《かか》げた。

「続きは二人だけでやりなさい。もっとムードのある店で。例えば落ち着いたホテルのバーとかで」

秀は唐津の傍《かたわ》らに立ち、深々と頭を下げた。

「すみませんでした」

「謝られるようなことは何もない。メシは全部割り勘《かん》だったしね」

唐津はにやりと笑ってみせた。

「ただし、パッとして今日は俺の奢りだ」

秀はふわりと花が開くように微笑んだ。

「正直に言います。私、すごく楽しかった。唐津さんがこれほどイケメンじゃなかったら、好きになってたと思います」

「ありがとう」

秀はくるりと踵《きびす》を返すと、壮介の左腕に右腕を絡《から》め、並んで店を出て行った。

唐津は恵の方に向き直った。

「彼女、最後まで剣菱で、カッコいいね」

「本当に」

恵は市販のメルバトーストにクリームチーズと「サクサクしょうゆアーモンド」を載せたカナッペを唐津の前に置いた。

「お店からです。ワインによく合いますよ」

砕《くだ》いたアーモンド、揚げたニンニクと玉ネギを醤油風味の調味料に漬《つ》けた品で、ごはんのお供として売り出されたが、冷奴《ひややつこ》の薬味や調味料としても使え、塩気の少ないチーズと一緒にトーストしたバゲットに載せても合う。

「どうしてわざわざうちの店でプロポーズなさったんですか？　もっとムードのあるお店は沢山あるのに」

「人目がないと、みっともないことになりそうだったからね」

唐津はカナッペを齧って「美味い」と呟いた。

「負け惜しみを言うわけじゃないが、俺には分かってた。彼女はあの青年が好きなんだって。彼が痴漢《ちかん》男に殴り倒されたあの瞬間に、勝負あったんだ」

「唐津さん、見事に痴漢を取り押さえたって伺いましたよ」

「俺は、負ける喧嘩《けんか》はしない。出来ないんだ。みっともないことは自分が許せない。あの痴漢男の動きを見て、勝てると思ったから手を出した。勝てないと思ったら、放っておいたよ」

唐津は苦いものでも飲んだように顔をしかめた。

「ところが、あの青年にそんな計算はみじんもなかった。ただ窮地《きゆうち》に陥《おちい》った女性を見ていられなくて、後先も考えずに痴漢男に立ち向かった。その崇高《すうこう》な精神を、彼女は感じ取った。そして、惚《ほ》れたってわけさ」

「でも、秀さんの言葉に嘘はないと思いますよ」

「そう願いたいね。フラれるのは慣れてないんだ」

唐津は溜息を吐いた。

「キスの一つくらい、しとくんだった」

恵は笑って、唐津のグラスにスタートを注ぎ足した。

十時半になるとお客さんは皆引き上げた。

店仕舞いしようとカウンターから出たところで、入り口の引き戸が開いて真行《しんぎよう》寺巧《じたくみ》が入ってきた。

「いらっしゃい！　ちょっと待って下さいね」

恵は表の立て看板の電源を抜き、入り口の「営業中」の札を裏返して「準備中」に変えた。

「お待たせしました」

カウンターの中に戻り、ビールの瓶を出した。真行寺は瓶ビールと決まっている。

「土産《みやげ》だ」

真行寺がカウンターに置いたのは、辛子明太子《からしめんたいこ》の袋ともう一つ。

「いつぞやのソースだ。お前が喜んでたって言ったら、椿《つばき》が二本買ってきた」

「ありがとうございます。これからおナスが美味しくなるから、嬉しいわ」

恵は自分のグラスにもビールを注いで、乾杯した。

「今日ね、この店でプロポーズが二件もあったのよ」

「ほう。さすがは婚活パワースポットだ」

真行寺は皮肉に唇の端《はし》で笑った。

「うちのお客さまの中でも一番縁遠いと思われた人が、二人から同時にプロポーズされたのよ。人間って、分からないわねえ」

無関心にビールを呑んでいる真行寺に、恵はおでん鍋から味の染《し》みた大根とコンニャクを皿に盛って出した。

「真行寺さんも、この先どうなるか分かりませんよ」

「何が?」

「結婚」

「バカ言うな」

真行寺はビールを呑み干した。

しかし、恵は思っていた。人間、先のことは分からない。縁は異なもの味なものだ。

いつか真行寺も、藤原海斗も、二本松姉妹も、思いがけぬご縁と巡り合うかもしれない。それを見届ける日まで……。

「私、頑張ります!」

怪訝《けげん》な顔で見る真行寺に、恵は人気占い師時代の「X字形のポーズ」をしてみせた。

『婚活食堂11』レシピ集

『婚活食堂11』を読んで下さって、ありがとうございました。

前作『婚活食堂10』には、私の「食と酒」シリーズの他の作品の登場人物たちがゲスト出演しましたが、七月発売の『食堂のおばちゃん16』（ハルキ文庫）の第一話には、恵《めぐみ》と真行寺《しんぎょうじ》が登場しますよ。これからも登場人物のゲスト出演は、やっていきたいと思っています。

さて、今回も安い・美味《うま》い・手軽を目安に、レシピを選びました。お時間のあるときに、一度お試し下さい。

ベルギー風旬菜《しゅんさい》ホットサラダ

〈材　料〉2人分
カリフラワー　1／4個
ブロッコリー　1／4個
サツマイモ　1／3個
レンコン　1／3個
剥《む》きエビ　6尾
A：バター　大匙《おおさじ》1
　オリーブオイル　小匙1
　塩　小匙1
B：純リンゴ酢《す》　大匙3
　粗《あら》びき黒胡椒《くろこしょう》　少々

〈作り方〉
①剥きエビの背ワタを取る。
②カリフラワーとブロッコリーは小房《こふさ》に分ける。
③レンコンは皮を剥いて5㎜幅に輪切り、サツマイモは皮付きのまま5㎜幅に輪切りにする。
④耐熱皿に②と③の野菜を並べ、ふんわりとラップをかけて600ワットの電子レンジで4分ほど加熱する。
⑤フライパンにAを入れて熱し、④の野菜を炒《いた》め、①を加えて炒める。
⑥エビの色が変わったらBを加え、さっと煮て器《うつわ》に盛る。

☆ベルギーの家庭料理ですが、日本の食卓にも合いそうですね。

豆腐《とうふ》のチャンプルー

〈材料〉2人分
木綿《もめん》豆腐　1丁（300g）
豚《ぶた》バラ肉薄切り　100g
卵　1個
ニラ　1束《たば》
ゴマ油・酒　各大匙1
塩　小匙1
胡椒　少々

〈作り方〉
①豆腐は熱湯でさっと茹《ゆ》でてザルにあけ、冷めるまで置いて水切りする。
②豚バラ肉は3cm幅、ニラは3〜4cmの長さに切る。
③フライパンにゴマ油を入れて熱し、豚バラ肉を炒め、豆腐をひと口大に崩しながら加えてよく炒める。
④酒を振り、塩・胡椒で味をつけ、ニラを加えて炒め合わせる。
⑤器に卵を割ってほぐし、④に加えて炒め合わせる。

☆2月に人生初の沖縄に行きました。そこでは様々なチャンプルーがあって、感動しました。
☆豆腐チャンプルーはシンプルな味付けで、飽《あ》きのこない美味《おい》しさです。

ひよこ豆のスパイシー炒め

〈材　料〉作りやすい分量
ひよこ豆の水煮　500g
ニンニク　1片
玉ネギ　1／2個
トマト　1／2個
オリーブオイル　大匙2
A：カレー粉　大匙1／2
　塩　小匙1／2

〈作り方〉
①ニンニク、玉ネギはみじん切りにする。
②トマトはヘタを取って2㎝角に切る。
③ひよこ豆は水切りする。
④フライパンにオリーブオイルとニンニクを入れて中火にかけ、香りが立ったら玉ネギを加え、透明になるまで炒める。
⑤ひよこ豆、トマト、Aを加え、全体がなじむまで炒める。

☆お酒のおつまみですが、肉料理の付け合わせにもなり、冷蔵庫で3日は保存できます。

モヤシと豚ひき肉のナムル

〈材　料〉2人分
モヤシ　1袋（200g）
ニラ　1束
豚ひき肉　100g
長ネギ　4〜5㎝
A：醬油《しょうゆ》　小匙2
　酒・砂糖・ゴマ油　各小匙1
B：白擂《す》りゴマ　大匙1
　ゴマ油　大匙1／2
　塩　小匙1／2
　胡椒　少々

〈作り方〉
①ニラは3〜4㎝の長さに切り、長ネギはみじん切りにする。
②鍋《なべ》に水カップ4（分量外）を入れて沸騰《ふっとう》させ、塩少々（分量外）、モヤシを入れて1分ほど茹でたらニラを加えてさっと茹で、ザルにあけて水気を切る。
③豚ひき肉にAを揉《も》み込む。
④フライパンを熱して③を入れ、中火にして色が変わるまで炒める。
⑤ボウルに②を入れ、長ネギのみじん切りとBを加えて和《あ》え、④を加えて混ぜ合わせる。
☆モヤシとニラを一緒の鍋で茹でるのが時短のコツ。
☆モヤシは家計の味方です。ご飯のおかずに、お酒の肴《さかな》にも。

鯛《たい》とウドのカルパッチョ

〈材料〉2人分
ウド　1／2本
鯛の刺身《さしみ》　100gくらい
梅干し　2個
アサツキ　適量
ポン酢　大匙1／2
醤油　小匙1／2
ゴマ油　大匙1

〈作り方〉
①アサツキは小口切りにしておく。
②ウドは厚めに皮を剥いてピーラーでスライスし、酢水《すみず》（分量外）に5～10分晒《さら》す。
③ウドを酢水から上げてキッチンペーパーなどで水気を取り、食べやすい長さに切っておく。
④梅肉は包丁《ほうちょう》で叩《たた》いてペースト状にし、ポン酢、醤油、ゴマ油と合わせておく。
⑤皿に鯛の刺身を並べ、ウドをのせて④のタレを回しかけ、①を散らす。

☆ウドは変色しやすいので、切ったらすぐに酢水に晒して下さい。アクが強い場合は少し長めに酢水に晒すか、軽く茹でて冷水に晒して下さい。
☆白い鯛とウドの上に、梅肉の赤、アサツキの緑が散って、見た目も美しい春のご馳走《ちそう》です。

からし菜とシラスのピザ

〈材　料〉2人分
春巻きの皮　2枚
シラス　80g
からし菜　適量
ピザ用チーズ　80g
オリーブオイル　適量

〈作り方〉
①春巻きの皮を4等分する。
②春巻きの皮にオリーブオイルを塗る。
③②にピザ用チーズ、からし菜、シラスの順でトッピングする。
④オーブントースターで、春巻きの皮がきつね色になるまで（5分くらい）焼く。
☆春巻きの皮がパリパリで、クリスピーなピザ感覚で食べられます。

豆腐と塩鮭《しおざけ》の鉢蒸《はちむ》し

〈材料〉2人分
木綿豆腐　1丁（300g）
塩鮭　1切れ
エノキダケ　1袋
長ネギ　4～5㎝
生姜《しょうが》　1片
アサツキ　適量
A：酒　大匙1
醬油　小匙1
塩　小匙1／2
片栗粉　大匙1

〈作り方〉
①長ネギはみじん切り、アサツキは小口切り、生姜は擂りおろし汁を搾《しぼ》る。
②塩鮭は骨を取り、1㎝角に切る。
③エノキダケは石突《いしづ》きを切り落とし、長さ3㎝に切る。
④ボウルに木綿豆腐を入れて手で潰《つぶ》し、Aと長ネギのみじん切り、生姜の搾り汁を加えて混ぜる。
⑤④に②と③を加え、さらに混ぜる。
⑥⑤を耐熱容器に入れ、ふんわりラップして600ワットの電子レンジで5～6分加熱し、仕上げにアサツキを散らして出来上がり。

☆豆腐は肉、魚介、野菜、卵等、どんなパートナーと組んでも美味しい料理になる、素晴らしい食材です。塩鮭と合わせる料理は珍しいので、一度お試し下さい。

キャベツのコチュ味噌《みそ》和え

〈材料〉2人分
キャベツの葉　大2枚
A：コチュジャン・味噌　各大匙1／2
酢・白擂りゴマ　各大匙1
砂糖　小匙1
擂りおろしニンニク　小匙1／2

〈作り方〉
①キャベツの葉を食べやすい大きさにちぎる。
②Aをよく混ぜ合わせ、キャベツを加えて和える。
☆これぞ時短料理の決定版！　コクのある辛《から》味《み》とキャベツの甘さで箸《はし》が進みます。

ホタルイカとカブのガーリック炒め

〈材　料〉2人分
カブ（葉付きのもの）　1個
ホタルイカ　1パック
ニンニク　1片
オリーブオイル　大匙1
酒　大匙1
塩　小匙1／2
和風の顆粒《かりゅう》出汁《だし》　小匙2
醤油　小匙2
バター　5g
鷹《たか》の爪《つめ》　1本

〈作り方〉
①カブは皮を剝いていちょう切りに、葉は食べやすい大きさに切る。
②ニンニクは薄切りにする。
③フライパンにオリーブオイルとニンニクを入れ、少し熱してから①を炒める。
④③に酒を回しかけ、塩、和風の顆粒出汁を加えて蓋《ふた》をする。何度か蓋を開けて全体を混ぜながら、カブが透明になるまで中火で火を通す。
⑤④にホタルイカを加え、醤油、バター、鷹の爪を入れて全体に味を絡《から》ませる。
☆ホタルイカは洋風にしても美味しいです。目玉とくちばしを取ると食べやすくなるので、面倒《めんどう》でなければやってみて下さい。
☆ここでは和風の顆粒出汁と醤油ですが、シンプルに塩・胡椒だけで味付けするのも美味。お好みで使い分けて下さい。

マンゴーのカナッペ

〈材　料〉２人分
マンゴー　１個（１６０g）
ブルーチーズ　50g
クラッカー　８枚
ハチミツ　小匙１
粗びき黒胡椒　適量
イタリアンパセリ（生）　適量

〈作り方〉
①マンゴーは種を取り、皮を剥いて８等分に切る。
②ブルーチーズは８等分に切る。
③クラッカーの上に①②をのせてハチミツをかけ、粗びき黒胡椒を散らし、イタリアンパセリを添えたら完成。

☆簡単で美味しくてワインが進むおつまみです。しかもおしゃれなので、男性は女性に作ってあげると株が上がりますよ。

鰹《かつお》のイタリア風タタキ

〈材　料〉４人分
鰹タタキ　大１節（３５０～４００g）
玉ネギ　１個
赤パプリカ　２個
細ネギ　１束
A：バルサミコ酢　大匙１
レモン汁　大匙１
擂りおろしニンニク　小匙２
醤油　大匙２
塩・胡椒　少々
オリーブオイル　カップ１／４
酢　大匙２

〈作り方〉
①刺身用の鰹からタタキを作る場合は、皮側を魚焼きグリル（または焼き網）でサッと焼き、すぐに氷水に浸けてあら熱を取る。
②鰹の水気を切ってバットに移し、酢を回しかける。そのまま冷蔵庫に入れて冷やす。（酢を回しかけるのは、魚のクセを和《やわ》らげるため）
③玉ネギはみじん切りにして水に晒した後、水気を切る。
④赤パプリカはヘタと種を取り、みじん切りにする。
⑤細ネギは小口切りにする。
⑥Aのドレッシングの材料を混ぜ合わせる。
⑦②の鰹を１～２㎝幅に切り、皿に並べる。
⑧③④⑤の野菜類を⑦の上に右から赤パプリカ、玉ネギ、細ネギの順に、イタリア国旗のように彩《いろど》りよくのせる。
⑨食べるときに⑥をかけ、全体を混ぜる。

☆売っている鰹タタキを使っても、大丈夫ですよ。
☆イタリアでも海沿いの地方では、日本と同様、魚介類をよく食べるので、かの国の料理も味わってみて下さい。

著者紹介
山口恵以子（やまぐち　えいこ）
1958年、東京都江戸川区生まれ。早稲田大学文学部卒業。松竹シナリオ研究所で学び、脚本家を目指し、プロットライターとして活動。その後、丸の内新聞事業協同組合の社員食堂に勤務しながら、小説の執筆に取り組む。2007年、『邪剣始末』で作家デビュー。2013年、『月下上海』で第20回松本清張賞を受賞。
主な著書に、「婚活食堂」「食堂のおばちゃん」「ゆうれい居酒屋」シリーズや、『バナナケーキの幸福』『風待心中』『ライト・スタッフ』『いつでも母と』、共著に『猿と猿回し』『山口恵以子のめしのせ食堂』などがある。

目次・主な登場人物・章扉デザイン――大岡喜直（next door design）
イラスト――pon-marsh

本書は、書き下ろし作品です。

ＰＨＰ文芸文庫　婚活食堂11

2024年５月21日　第１版第１刷

著　　者　　山口恵以子
発行者　　永田貴之
発行所　　株式会社ＰＨＰ研究所
東京本部　〒135-8137 江東区豊洲5-6-52
文化事業部　☎03-3520-9620(編集)
普及部　☎03-3520-9630(販売)
京都本部　〒601-8411 京都市南区西九条北ノ内町11
PHP INTERFACE　https://www.php.co.jp/
組　　版　　朝日メディアインターナショナル株式会社
印刷所　　図書印刷株式会社
製本所　　東京美術紙工協業組合

 ISBN978-4-569-90395-8

PHP文芸文庫

婚活食堂1〜10

山口恵以子 著

名物おでんと絶品料理が並ぶ「めぐみ食堂」には、様々な結婚の悩みを抱えた客が訪れて……。心もお腹も満たされる人情グルメシリーズ。

PHP文芸文庫

バナナケーキの幸福

アカナナ洋菓子店のほろ苦レシピ

山口恵以子 著

「ママ、ケーキを売ろう。人生リベンジしよう」熟年離婚した母と恋愛下手の娘が洋菓子店を始めようと奮闘するハートフルストーリー。

PHP文芸文庫

風待《かざまち》心中

山口恵以子　著

江戸の町で次々と起こる凄惨な殺人事件、そして驚愕の結末！　男と女、親と子の葛藤が渦巻く、一気読み必至の長編時代ミステリー。